DREAMBOOKS

DREAMBOOKS

신화의 전장

dream
books
드림북스

신화의 전장 18

초판 1쇄 인쇄 2021년 5월 11일
초판 1쇄 발행 2021년 5월 25일

지은이 박정수
발행인 오영배
편집 편집부
일러스트 엑저
본문 디자인 오정인
제작 조하늬

펴낸곳 (주)삼양출판사 · 드림북스
주소 서울시 강북구 도봉로 173
대표 전화 02-980-2112 **팩스** 02-983-0660
편집부 전화 02-987-9393 **팩스** 02-980-2115
블로그 blog.naver.com/dreambookss
출판등록 1999년 3월 11일 제9-00046호

ⓒ 박정수, 2021

ISBN 979-11-283-7006-9 (04810) / 979-11-283-9403-4 (세트)

+ (주)삼양출판사 · 드림북스의 서면 허락 없이는 어떠한 형태나 수단으로도 이 책의 내용을 이용하지 못합니다.
+ 지은이와 협의하에 인지는 생략합니다. 잘못된 책은 구입한 곳에서 바꾸어 드립니다.
+ 이 도서의 국립중앙도서관 출판시도서목록(CIP)은 서지정보유통지원시스템홈페이지(http://seoji.nl.go.kr)와
  국가자료종합목록 구축시스템(http://kolis-net.nl.go.kr)에서 이용하실 수 있습니다.

드림북스는 (주)삼양출판사의 판타지 · 무협 문학 브랜드입니다.

신화의 전장

18

박정수 현대판타지 장편소설

MODERN FANTASY STORY & ADVENTURE

dream books
드림북스

목 차

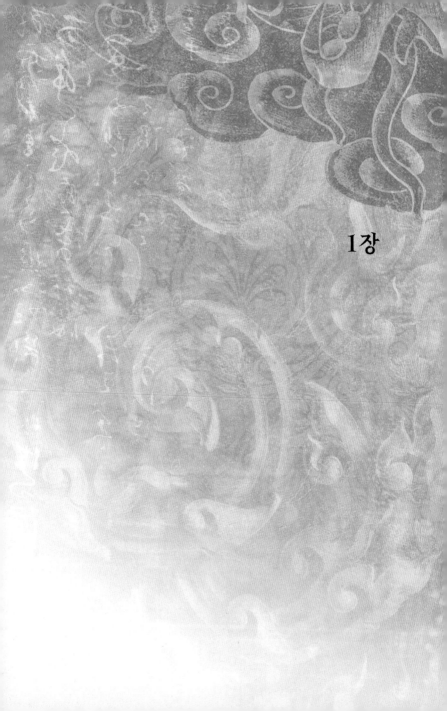

1장

삼합회, 극으로 치닫는 충돌!
삼합회 간 전쟁, 이대로 괜찮은가?
시민들의 안전이 무너진다.
홍콩 행정부, 비상 계엄령 선포!
경찰기동대, 삼합회와 전쟁 선포!

하루가 멀다 하고 뉴스 속보가 터져 나왔다.

14K와 외각룡, 사룡방과 다시 14K, 그리고 외각룡과 사룡방.

물고 물리는 싸움은 아군도 적군도 없었다.

오로지 살아남기 위해서, 살아남아 모든 것을 차지하기 위한 전쟁으로 격화되었다.

그리고 그 전쟁에 끼어든 또 다른…….

"분명한 것이냐?"

뇌공이 눈썹을 꿈틀거리며 물었다.

"예, 룡주."

위종산이 사진 몇 장을 뇌공 앞으로 내밀었다.

"근처 차량용 블랙박스에 찍힌 동영상의 캡처 사진입니다."

뇌공이 사진을 집어들었다.

"흠."

사진에는 기동대를 지휘하는 지휘자를 비롯해, 기동대원들의 사진 몇 장이 찍혀 있었다.

"낯이 익군."

"남궁세가 창천단, 단주 남궁광한입니다."

뇌공은 굳은 표정으로 사진을 뒤로 몇 장 넘기다가 눈썹이 꿈틀거렸다.

"이놈은?"

"북천단주, 고흥입니다."

"왜 이 녀석이 남궁세가와 함께 있지?"

"사해방과 죽련방 사이에 밀약이 있는 게 아닌가 추정됩니다."

뇌공은 기동대가 찍힌 사진을 구기며 까드득 이를 갈았다.

♪～♩ ♪～♩ ♫～

그때 위종산의 품에서 전화 벨소리가 울렸다.

"실례하겠습니다."

위종산은 몸을 반쯤 옆으로 틀어 전화를 받았다.

"어. 어. 그래. 알았다."

간략하게 보고를 받는 위종산의 목소리는 짐짓 무거웠다.

"룡주."

"선전시에 집결해 있는 인민무장경찰부대가 개방의 홍구단과 남궁세가의 창궁단이라 합니다."

"홍구단과 창궁단?"

"예, 룡주."

"하아―."

뇌공이 기가 막힌다는 듯 한숨을 내쉬었다.

똑똑―

문기척과 함께 장충량이 급히 안으로 들어왔다.

"소림의 나한, 무당의 태극, 화산의 매화가 홍콩으로 들어왔답니다."

위종산과 짧게 눈인사를 나눈 장충량은 빠르게 보고를

올렸다.

"이 새끼들이, 이렇게 뒤통수를 쳐?"

뇌공이 주먹을 꽉 말아쥐었다.

"위 대주."

"예, 룡주!"

"지금 당장 대력왕을 직접 찾아가 만나자고 전해."

"예."

"그리고 장 대주."

"예!"

"금거산에게 찾아가 함께 만나자고 전해."

"알겠습니다, 룡주."

뇌공의 명에 둘은 빠르게 밖으로 나갔다.

"감히 이렇게 나왔다 이거지?"

뇌공은 입꼬리를 말아 올렸다.

"오랜만이외다."

그리고는 전화기를 들어 어디론가 전화를 걸었다.

*   *   *

그날 저녁.

사룡방의 뇌공, 외각룡의 금거산, 14K의 대력왕.

이 셋이 원탁을 가운데 두고 마주했다.

"그러니까 인민무장경찰이 사해방 놈들이란 말인가?"

"그렇소."

"기동대 역시 사해방이고."

"사진을 봐서 알겠지만 죽련방도 있소. 정확히는 북천이지만."

뇌공은 한껏 일그러진 표정의 금거산을 바라보며 대답했다.

"그러니까, 그 새끼들이 우릴 가지고 놀았다는 거지?"

대력왕은 벌겋게 달아오른 얼굴로 물었다.

"본왕의 장자방을 죽인 놈도 이 새끼들이고!"

셋이 만나 가장 먼저 한 것은 서로의 대립의 전후를 맞춰보는 것이었다.

아니나 다를까.

셋이 맞물린 사건의 톱니 사이사이에 모를 톱니가 하나씩 들어가 있었다.

"우리가 모르는 혼란."

뇌공은 탁자에 놓인 사진을 손가락으로 툭 쳤다.

"어찌하면 좋겠소?"

"뭘 어째? 이 새끼들을 대가리를 부숴야지!"

대력왕은 쿠후— 하고 거친 숨을 내쉬었다.

"그 전에."

금거산이 마른세수를 하며 입을 열었다.

"복수든 뭐든 손발이 맞아야 할 거 아닌가."

"손발, 손발…… 그래 맞춰야지."

대력왕이 아무리 지략이 없다 해도 앞뒤 분간을 못 할 정도는 아니었다.

"최소한의 뜻은 모아졌군."

뇌공이 금거산과 눈빛을 마주친 뒤 고개를 끄덕였다.

"삼합회."

뇌공이 시선을 금거산에게서 대력왕에게로 옮기며 입을 열었다.

"오늘 삼합회는 진짜 삼합회가 될 것이오."

뇌공의 말에 금거산과 대력왕의 눈빛이 착 가라앉았다.

"삼합회에 오좌(五座)가 말이 안 되었지."

"그럼 의자 둘을 치우는 걸로 결정을 내리지."

금거산이 대력왕의 말을 거들었다.

"의자는 하나만 치우는 게 좋을 듯싶소."

"잉?"

"……?"

대력왕과 금거산이 의아하게 뇌공을 쳐다보았다.

그에 뇌공은 의미심장한 미소를 지었다.

"우리의 뒤통수를 친 만큼 우리도 저들의 뒤통수를 쳐야
하지 않겠소."

"무슨 소리야? 알아듣게 말해."

대력왕이 불편한 목소리로 말했다.

"그만 들어오시지요."

뇌공의 말에 별실 쪽 문이 열렸다.

"그동안 격조했습니다."

모습을 드러낸 이는 죽련방의 또 다른 맹주, 남주 팽천악
이었다.

"너는?"

그의 등장에 대력왕이 눈을 동그랗게 떴고.

"……, 푸하하하하하!"

금거산은 짧은 침묵 후에 커다란 웃음을 터트렸다.

남천.

또 다른 이름 남무림맹.

대만의 실질적 종주인 남천의 위치는 상당히 묘하기 짝
이 없었다.

죽련방이면서도 스스로 진무림이라 부르는 소림, 무당,
화산의 역린이며, 사해방의 대척점에 서 있는 것이 바로 남
무림맹, 남천이었다.

"어인 일로 왔나?"

대력왕이 물었다.

"뇌공께서 그만 은거를 깨라 하지 않더이까."

팽천악은 의자 하나를 끌어와 앉았다.

"힘이 없어 웅크린 게 아니고?"

"대력왕의 입심은 여전하십니다. 그리 쉽게 아픈 곳을 찌르시다니요."

대력왕의 말에 팽천악은 그다지 기분 나빠 하지 않는 모습이었다.

"결심은 서셨소?"

금거산이 물었다.

"우리는 한시라도 고향을 잊지 않았소."

"남천은 우리의 암수(暗手)가 될 것이오."

뇌공.

"이왕 휘두를 칼이라면."

팽천악이 뇌공을 쳐다보았다.

"사해방을 향해 휘둘러 주시오."

팽천악이 섬뜩한 표정으로 하얀 이를 드러냈다.

"심장을 오려낼 터이니."

탕탕탕—

"좋아! 좋아!"

대력왕이 손바닥으로 탁자를 두들겼다.

"그럼 삼합회의 이름으로 전 중방과 하방을 비롯해 흑사회 전역에 명을 내리겠소."

뇌공이 금거산과 대력왕을 쳐다보며 말을 이어갔다.

"사해방과 죽련방의 퇴출. 그리고 처단."

"남천은?"

금거산의 물음에.

"흑룡."

팽천악이 짧게 대답했다.

"흑룡?"

"흑룡방, 본맹의 새로운 이름으로 삼을까 하오."

*　　　*　　　*

"흔적은?"

"완벽하게 지웠습니다."

왕서방의 물음에 허일이 보고했다.

"좋아."

"그리고 남천이 움직였습니다."

"남천?"

"팽천악이 조용히 홍콩에 들어왔습니다. 그리고 주요 무력단이 마카오로 집결을 준비하고 있습니다."

"흠."

왕서방이 턱을 잠시 쓰다듬었다.

"남천이라. 재미난 변수로군."

맞은편에 앉아 있는 박현이 묘한 웃음을 지었다.

"어느 정도 예상 범위 안이기는 합니다."

왕서방이 담담한 표정을 지어 보였다.

"선전은 어때?"

"비상 대기가 떨어진 것을 보면, 조만간 홍콩 내로 투입이 될 듯싶습니다."

"슬슬 분위기를 만들겠군."

"안 그래도, 북천단과 창천단의 움직임이 부산해지고 있습니다."

"무고한 생명들이 적잖게 죽어 나가겠군."

박현은 쓴웃음을 지었다.

"피가 많이 흘러야 명분이 생길 테니 그럴 겁니다."

왕서방도 씁쓸한 듯 입맛을 두어 번 다셨다.

"본토 내 길잡이 하나만 내어줘."

"길잡이 말씀이십니까?"

바삐 흘러가는 이 상황에 본토 길잡이라.

왕서방의 의아하게 박현을 쳐다보았다.

"사해방이 홍콩으로 들어오는 순간, 상해를 친다."

"……!"

왕서방의 눈빛이 반짝였다.

"악에 받쳐 싸워야지."

박현의 말에 왕서방이 고개를 갸웃거렸다.

상해를 치는데 본토 길잡이를 달라?

분명 박현이 무언가 노리는 것이 더 있었다.

"설마……."

"상해랑 가까운 곳이 어디였나? 소림인가?"

박현의 눈빛이 가늘어졌다.

"악의에는 악의로 부딪혀야지. 소림의 악의면 좋다 싶은데."

"그것뿐입니까?"

"그럴 리가. 악의는 많으면 많을수록 좋지. 안 그런가?"

박현이 씨익 웃었다.

*　　　*　　　*

허일, 허이, 허삼.

"호, 호, 호, 호…… 혼자가……."

서기원이 마치 귀신을 본 것처럼 손가락을 들며 말을 더듬었다.

"아니었어야? 지, 지, 진짜! 진짜! 쌍둥이였어야?"

입이 말랐는지 서기원은 침을 모아 꿀떡 삼킨 후 다시 소리쳤다.

"세쌍둥이라니! 세쌍둥이라니!"

서기원은 손가락을 파르르 떨기까지 했다.

좀 호들갑스럽기는 해도, 놀랍기는 박현과 조완희도 매한가지였다.

"보통, 일란성 쌍둥이라도 미세하기 다르지 않나?"

박현은 완벽하게 얼굴이 같은 허씨 삼형제를 보며 고개를 갸웃거렸다.

"그러게. 신기하긴 하다."

조완희는 고개를 끄덕였다.

"제가 박현 님을……."

"허일입니다."

박현이 고개를 끄덕이자, 허일은 말을 다시 이어갔다.

"모실 겁니다. 그리고 이 녀석이 조완희 님을……."

"누구?"

조완희가 물었다.

"허이입니다."

허이가 자신을 소개했고, 허일이 다시 말을 이었다.

"조완희 님을 모실 거고, 막내가 서기원님을……."

"누구야?"

서기원이 눈을 끔뻑이며 물었다.

뻑!

그 질문에 조완희가 서기원의 뒤통수를 한 대 후려갈겼다.

"악!"

서기원은 뒤통수를 감싸며 비명을 내뱉었다.

"장난하냐? 묻긴 뭘 물어? 하나 남은 게 허삼이지. 그리고 막내라고 소개도 했잖아."

"헤헤."

서기원은 머쓱하게 뒤통수를 긁었다.

"자!"

갑자기 서기원이 허리를 펴며 목소리를 굵게 만들었다.

"장난은 여기까지야."

서기원은 묵직한 기운을 발산하며 허삼을 쳐다보았다.

"가야."

"어디를?"

조완희가 콧방귀를 뀌며 물었다.

"그거야 당연히……."

서기원은 눈을 껌뻑이다가 슬그머니 박현을 쳐다보았다.

"근데, 우리 어디로 가야?"

찌릿한 조완희의 시선에 저도 모르게 슬쩍 눈을 돌렸다
가 눈이 마주쳤다.

"허허허, 허허."

서기원은 없는 수염을 쓰다듬으며 짐짓 자애롭게 웃었다.

퍽!

조완희의 발이 서기원의 옆구리를 찍는 순간.

"꽥!"

서기원은 돌에 맞은 개구리처럼 엎어져 몸을 파르르 떨
었다.

'혀, 형님.'

'괜찮다, 막내야.'

'지, 진짜 괜찮은 겁니까?'

허삼의 애절한 눈빛에 허일이 고개를 돌렸고,

'두, 둘째 혀…….'

허이는 그새 먼 산을 쳐다보고 있었다.

*   *   *

중국에는, 정확히는 공산당 내부에는 3개의 파벌이 존재
했다.

태자당, 공청당, 그리고 상해방.

태자당은 중국 당, 정, 군 원로나 고위 간부의 자제들이 모여 만든 파벌이었다. 당연히 이 중심은 명문무림가였던 남궁세가와 사천당문이었다.

그리고 일명 공청단으로 불리는 공산주의청년단.

이 공청단의 주축은 개방이었다.

그리고 나머지 하나, 상해방.

외부에 상하이방으로 더 잘 알려진 상해방의 뒷배는 상해를 근거지로 하고 있는 금거산이었다.

이 셋을 친다.

북경.

박현은 위압감을 발산하는 회색 건물, 중국 공산당 인민대회당 옥상 난간에 누워 편하게 오수를 즐기고 있었다.

그리고 조용히 눈을 떠 아래 광장을 내려다보았다.

지정된 자리에서 철저하게 경비를 서던 공안들의 움직임이 갑자기 분주하게 바뀌었다.

부우우웅—

그리고 얼마 지나지 않아, 중국 자동차의 자존심이라 불리는 '홍치(紅旗)' 몇 대가 순차적으로 들어와 섰다.

그리고 그 차에서 젊은, 혹은 늙은 사내들이 내렸다.

중국을 지배하는 일곱 명의 권력자.

중앙정치국 상무의원들이었다.

하지만 박현의 눈은 그들이 아닌, 그들보다 조금 늦게 내리는 네 명의 초로의 노인들에게로 향했다.

그들을 보자 박현은 몸을 일으켜 난간을 걸터앉았다.

중국을 지배하는 진짜 권력자.

개방 전대 방주 마원남, 사천당문의 전대 가주 당효기, 남궁세가의 전대 가주 남궁장현, 그리고 만금장 전대 장주인 금동보였다.

"읏차!"

박현은 몸을 튕겨 인민대회당 앞으로 뛰어내렸다.

"이제 들어가시지요."

공안이 길을 텄다.

"수고가 많아."

당효기가 경호원의 어깨를 툭 두들겼다.

"이제 제법 때깔이 나지?"

마원남은 기골이 훤한 공안들을 보며 히죽 몇 개 남지 않은 이빨을 보였다.

"이제 어디 가도 거지 소리는 안 듣겠어."

"에잉, 땟물 뺀 지가 언젠데, 아직도 시답잖은 농인가?"

남궁장현이 마원남의 편을 들며 당효기를 타박했다.

"어서 들어가세나. 괜히 애들 힘들게 하지 말고."

남궁장현의 말에 당효기와 마원남이 어깨를 나란히 했다.

"우리도 가자꾸나."

그 뒤로 조금 거리를 두고 금동보가 자신의 경호원과 함께 걸음을 내디뎠다.

그런 그들의 앞에 검은 그림자가 뚝 떨어져 내렸다.

박현이었다.

그가 모습을 드러내자, 가장 먼저 움직인 건 조용히 뒤를 따르던 검은 양복의 경호원들이었다.

각 가문의 정예로 이뤄진 경호원들이 빠르게 마원남과 당효기, 남궁장현을 에워 감쌌고, 공안들이 허리춤에 찬 곤봉으로 손을 가져갔다.

"누구냐?"

공안 책임자로 보이는 사내가 시퍼런 눈을 띠며 물었다.

박현은 공안 책임자를 넘어 남궁장현, 당효기, 마원남을 쳐다보았다. 그리고 공안 책임자를 향해 손을 뻗었다.

"큽!"

무형의 기운이 그의 몸을 옭아매자 공안 책임자는 순간 눈을 부릅떴다.

쿵!

박현이 손을 옆으로 휘젓자 공안 책임자는 짚단처럼 옆으로 날아가 기둥에 처박혔다.

척— 처저적!

그에 십여 명의 공안들이 일제히 곤봉을 꺼내들었다.

"물러나거라. 너희들의 상대가 아닌 듯싶구나."

당효기가 허리를 툭툭 치며 앞으로 걸어 나갔다.

"가면을 쓴 것을 보면 좋은 일로 온 건 아닌 모양이군."

툭툭—

"그래도 가면을 벗는 게 어떤가?"

당효기는 다시금 허리를 몇 번 두들겼다.

"싫다면 이 몸이 벗겨줄 수도 있고."

당효기는 허리를 쭉 펴며 박현을 향해 히죽 웃음기를 드러냈다.

그 웃음에 박현도 하얀 이를 드러내며 웃었다.

"웃어?"

그에 당효기의 얼굴에 개구진 표정이 지어졌다.

하지만 그 웃음은 오래 가지 못했다.

"흡!"

당효기는 순간 공기가 부풀어 오르자 재빨리 허리를 뒤로 젖히며 양팔로 얼굴을 가렸다.

아니나 다를까.

팡!

당효기의 얼굴 앞에서 공기가 터진 것이었다.

스윽—

그에 남궁장현과 마원남의 기세가 바뀌었지만, 당효기는
손을 뻗어 그들을 제지했다.

"이거 체면이 말이 아니구먼."

당효기는 손등으로 인중을 훔쳤다.

붉은 피가 손에 묻어나오자, 당효기는 인자한 표정을 지
웠다.

후우우웅—

거대한 기운이 일어 그의 몸 주변을 휘감았다.

쿵!

당효기는 크게 숨을 들이켜 그 기운을 몸 안으로 빨아들
였다.

그러자 풍선이 부풀 듯 왜소한 그의 몸이 한층 커지고 탄
탄해졌다.

툭— 툭— 투둑—

커지는 몸집을 이기지 못하고 단추가 뜯겨나가고, 옷가
지가 찢겨졌다.

찢긴 옷가지 사이로 드러난 몸매는 젊은이 못지않게 탄
탄하기 그지 않았다.

"이놈!"

당효기는 핏빛이 감도는 웃음기를 머금으며 손을 털었다.

찢어진 소매로 마치 벌떼처럼 수백 수천 개의 얇은 침이 흘러나와 그의 주변으로 둥둥 떠올랐다.

"정확히 일만 개니라."

만천화우.

사천당문의 비기.

"늙으면 꼬장꼬장해진다더니, 시체도 안 남길 셈인가?"

남궁장현.

"머리는 온전히 남기게. 배후는 알아봐야 할 터이니."

마원남도 말을 거든 후, 옆에서 한껏 긴장을 하고 있는 공안을 불렀다.

"죽은 놈 머리를 열어봐야 할 터이니 사행문에 연락을 넣어라."

"예, 가주!"

공안은 목례를 취한 후, 뒤로 빠졌다.

마원남은 뒷짐을 지며 당효기를 쳐다보았다.

남궁장현도, 마원남도 당효기가 전혀 패하리라 여기지 않는 모습이었다.

"죽어……."

당효기가 박현을 향해 양팔을 내뻗자.

수백 수천, 정확히는 일만 개의 세침이 파도를 일으키듯 거대한 힘을 실어 박현을 향해 쏘아져 나갔다.

쿠웅!

박현이 오른발을 들어 바닥을 강하게 찍었다.

콰직!

동시에 당효기의 몸이 그 자리에서 사라졌다.

정확히는 무형의 기운에 짓눌려 육신이 찌부러졌다.

오로지 붉게 물든 피와 바닥에 짓이겨진 살점만이 그가 그 자리에 서 있었음을 알려줄 뿐이었다.

"……!"

"흡!"

어마어마한 기운을 바로 앞에서 느낀 마원남과 남궁장현은 저도 모르게 헛바람을 들이켜며 뒤로 두어 걸음 물러났다.

그런 그들을 향해 박현은 히죽 입꼬리를 말아 올리며 걸음을 내디뎠다.

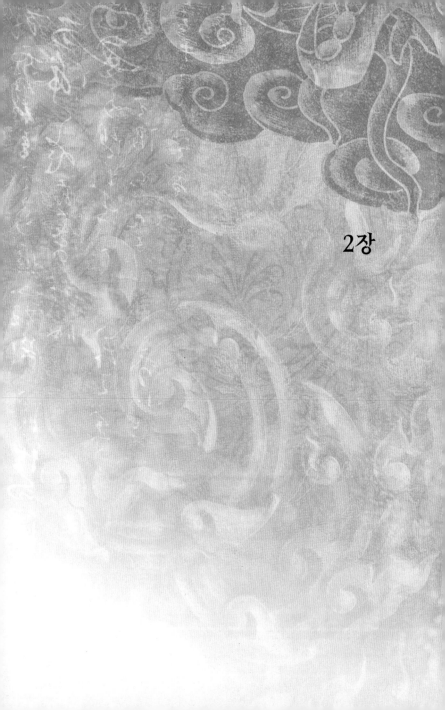

2장

저벅.

한 걸음에.

쿠르릉!

땅이 흔들렸다.

저벅.

또 한 걸음에.

콰르릉!

초점이 흔들렸다.

가히 태산(太山).

석산의 산사태를 눈으로 목도한다면 어떤 느낌일까?

지금 바로 이런 느낌일까?

한 걸음, 한 걸음이 무겁다.

하룻강아지 범 무서운 줄 모른다, 했던가.

박현의 기세를 읽지 못하는 공안, 개방도가 박현의 옆을 치고 들어갔다.

"핫!"

낮게 깔린 곤봉은 박현의 무릎과 척추를 연달아 타격해 들어왔다.

파박!

곤봉은 정확하게 무릎을 찍고, 척추를 후려쳤다.

"하핫!"

공안은 득의양양한 웃음을 지으며 박현을 올려다보았다.

박현은 일절 충격도 없는 듯 여전히 앞을 바라보고 있었다. 그리고 천천히 시선을 내려 공안과 눈을 마주했다.

오싹—.

눈이 마주한 순간 공안은 모골이 송연해졌다.

픽!

무언가 깨지는 소리와 함께 그의 시야는 검게 물들었다.

퍼석—

기습적으로 습격했던 공안의 머리가 사라지며 붉은 핏물이 자욱하게 번졌다.

그 모습에 마원남의 눈동자가 짧게 흔들렸다.

단 일 수에 수하가 죽임을 당해서가 아니었다.

'보지 못했다.'

말 그대로 박현의 손속을 보지 못했기 때문이었다.

그 말은 즉.

최소한 자신보다 반 수 이상의 고수.

'시간을 벌여야 해, 시간을.'

마원남은 순간 머뭇하는 공안들을 향해 소리치듯 명을 내렸다.

"타구진을 펼쳐라!"

마원남의 명에 십수 명의 공안들이 박현을 둥글게 에워쌌다.

타다닥 타닥 타다닥 타닥!

공안들은 곤봉으로 바닥을 두들기며 조금씩 박현을 압박해 들어갔다.

"흠."

박현의 미간이 좁아지며 옅은 주름이 그어졌다.

사방에서 울리는, 음과 율도 없이 제멋대로 바닥을 두들기는 소리는 단순히 기세를 올리기 위함이 아니었다.

음공(音功).

엇박자로 귀를 두들겨 정신을 흔들고, 더불어 신체의 균형마저 깨트리는 음공이었다.

타구진의 공격은 이미 시작된 것이었다.

"타진(打進)!"

박현이 얼굴을 찌푸리는 것을 본, 공안책임자가 낭랑한 목소리로 공격을 알렸다.

그에 공안들은 일제히 곤봉을 들어올렸다가 바닥을 강하게 찍었다.

쿠웅!

공안들은 동시에 곤봉으로 바닥을 찍어 타구진 내부를 흔든 뒤 빠르게 앞으로 튀어나갔다.

상하좌우.

어느 한 곳 빠짐없이 공안들의 곤봉이 박현의 몸 곳곳을 두들겨갔다.

'잡았다!'

공안책임자의 눈이 일렁였다.

타다닥— 타다다닥!

곤봉이 얽히며 나무와 나무가 만들어낸 타음이 엉겼다.

"……!"

엉킨 곤봉들 사이에 박현은 없었다.

애초에 없었던 것처럼.

쿵!

묵직한 소리에 공안책임자는 재빨리 고개를 뒤로 돌렸다.

"타구진은 오래 버티지 못할 거야."

타구진이 만들어지자 어느 정도 마음이 가라앉은 마원남은 좀 더 냉철해진 머리로 이후의 일을 그리며 남궁장현을 행해 입을 열었다.

"우리 아이들이 힘을 내야겠군."

남궁장현은 손을 까딱거렸다.

그러자 검은 양복의 경호원, 남궁세가 제왕단 1대주가 조용히 다가왔다.

"제왕진(帝王進)을 준비하라."

"예."

제왕단 1대주가 복명할 때였다.

바람 한 줄기가 불어와 남궁장현의 곁을 스치고 지나갔다.

그 바람은 검었다.

그리고 박현이 입고 있는 옷도 검었다.

"……!"

남궁장현은 눈을 부릅뜨며 재빨리 검은 바람을 쫓았다.

검은 바람이 마원남을 휘감으며 하늘로 날려버리고 있었다.

쾅!

축지로 타구진을 뛰어넘은 박현은 태클을 걸며 마원남의 복부에 어깨를 박았다.

"큽!"

마원남이 충격에 신음을 내뱉기도 전에 박현은 그의 허리를 양팔로 강하게 끌어안았다. 그리고 땅에 박힌 나무기둥을 뽑듯 그를 위로 번쩍 들어 올렸다가 바닥에 내려찍었다.

콰앙!

바닥에 처박힌 마원남은 몸이 튕겨 나가며 피를 뿜어냈다.

"끄!"

마원남은 상당한 충격에도 정신을 놓지 않은 듯, 넘어진 상황에서도 발로 땅을 밀어 박현의 품을 벗어나려는 모습을 보였다.

하지만 박현은 그의 옷자락을 잡아당기고는 그의 몸 위로 몸을 올라타며 주먹을 날렸다.

퍼억!

묵직한 파운딩이 마원남의 얼굴로 떨어졌다.

마원남은 박현의 주먹을 피하기 위해 안간힘을 쓰며 몸을 이리저리 틀었지만, 애초에 MMA식 그라운드에 대한 상식이 없는 그였다.

박현은 다 큰 어른이 어린아이를 상대하듯 너무나도 쉽게 우위를 점하며 그의 얼굴에 주먹으로 융단폭격을 가했다.

퍽! 퍽! 퍼억!

결국 마원남은 저항을 포기한 듯 몸을 웅크렸다.

그 행동은 박현의 주먹에게서 얼굴을 보호할 수 있을지언정 등을 훤히 내어주게 되었다.

박현은 뱀처럼 마원남의 등을 타고 올라가 그의 목을 팔로 휘감았다.

"꺼억! 꺽!"

목이 조여지자 마원남은 발버둥을 치며 주먹으로 박현의 팔을 치고, 잡아끌며 살고자 몸부림을 쳤다.

하지만, 그런 노력도 잠시.

우드득!

박현이 단숨에 팔에 힘을 싣자 마원남의 머리는 기이할 정도로 틀어지며 발버둥 치던 손이 힘없이 아래로 툭 떨어졌다.

쐐애애액!

그런 박현의 등 뒤로 날카로운 연검이 찔러들어 왔다.

푹!

검날이 박현의 등을 완벽하게 찔러 들어갔다.

피육을 가르는 느낌에 제왕단 경호원의 눈동자에 희열이 피어났다.

"정신 차려라!"

하지만 뒤에서 1대주의 경고가 터졌다.

"헙!"

마치 덧씌워진 그림자가 지워지듯 박현의 신형은 사라지고, 검이 꿰뚫고 지나간 자리에는 축 늘어진 마원남의 시신만이 걸려 있었다.

"젠장!"

그가 막 정신을 차릴 때, 1대주의 다급한 소리가 터졌다.

펑!

"끄악!"

그리고 피육이 터지는 소리와 함께 비명도 함께 울렸다.

제왕단 경호원은 검날을 문 마원남의 등을 발로 밀어 검을 빼며 재빨리 몸을 뒤로 돌렸다.

"……, 대, 대주."

조금 전 비명 소리의 주인은 바로 제왕단 1대주였다.

박현은 손아귀 안에서 목이 부러져 대롱대롱 흔들리는 제왕단 1대주를 옆으로 툭 던지고는 남궁장현을 향해 하얀 이를 드러내며 웃음을 지었다.

시퍼런 눈빛에 남궁장현은 뒷걸음을 쳤다.

그가 움직이자 박현은 자연스레 가려진 뒤를 바라보게 되었다.

남궁장현 뒤에 경호원과 함께 조용히 자리를 벗어나려는 금동보가 보였다.

"저자가 금동보인가?"

"그렇습니다."

박현이 묻자, 공안 하나가 조용히 다가와 대답했다.

"그대는 잠시 기다리도록 해."

박현은 금동보를 바라보며 말했다.

하지만 금동보는 박현의 말이 끝나기도 전에 모른 척 시선을 돌리며 얼른 자신의 차로 향했다.

막 금동보가 차문을 잡으려는 그때.

"타면 죽는다."

박현의 목소리가 마치 바로 옆에서 속삭이듯 귀에 박히

자 금동보는 몸을 파르르 떨었다.

"그러니 기다려."

박현은 한 번 더 경고한 뒤 남궁장현을 향해 멈췄던 걸음을 다시 내디뎠다.

스르릉—

남궁장현은 허리띠를 풀어 당겼다.

가죽 띠 안에 교묘히 숨겨진 연검이 시퍼렇게 날을 세웠다.

남궁장현이 기세를 한껏 끌어올리며 검날에 검강을 담았다.

'일 수, 단 일 수로 끝낸다.'

이길지 질지 장담 못 한다.

아니, 3할은 될까?

어쩌면 1할일지도 모른다.

허망하게 죽은 마원남과 당효기, 비록 자신보다 하수라고는 하나 그 차이는 미미한 정도였다.

남궁장현은 검자루를 꽉 움켜잡으며 두 다리를 넓게 벌려 기수식을 취했다.

그 모습에 경호원들은 서너 걸음씩 뒤로 물러나 공간을 넓혔다.

자신들의 안위를 위함이 아니었다.

남궁장현의 검에 방해가 되지 않게 하기 위함이었다.

시퍼렇게 눈을 뜨고 박현을 주시할 때였다.

"음?"

박현이 눈을 살짝 뜨며 고개를 돌려 인민대회당 쪽으로 고개를 돌리는 게 아닌가.

미세한 틈.

고수 간의 싸움에 있어 그 미세함은, 곧 생사를 가를 정도로 지대한 영향을 끼친다.

무엇이 그의 신경을 돌리게 했는지 몰라도.

'지금!'

3할, 아니 1할. 그 1할이 어쩌면 5할 이상이 된 순간이었다.

이 틈을 놓칠 남궁장현이 아니었다.

"핫!"

남궁장현은 모든 힘을 쏟아 박현을 향해 몸을 날리며 검 강을 쏟아냈다.

콰과과과광!

검강이 박현 앞에서 터지며 주변의 모든 것을 갈가리 찢 어발겼다.

　　　　　*　　　*　　　*

　콰과과과광!

　푸르스름한 검강이 터지며 수십 수백 개의 강기 파편이 폭풍처럼 박현을 덮쳐갔다.

　이제 남은 건 갈기갈기 찢어질 육신의 피륙뿐.

　꾹!

　남궁장현은 검자루를 꾹 움켜잡으며 피가 만들어 낼 붉은 운무를 머릿속으로 그려냈다.

　"……!"

　그렇게 빗살처럼 박현의 몸을 덮어가던 검강의 파편이 어느 순간 늘어지더니 박현 지척에서 툭 멈췄다.

　아니 멈춘 건 아니었다.

　아주 느리지만, 검강의 파편들은 조금씩 조금씩 박현에게로 날아가고는 있었다.

　마치 시간이 느려진 것처럼 말이다.

　"……?"

　과거 선인들의 말씀에 의하면, 무아지경에 들어서면 세상의 흐름이 느려진다고 했다.

　느려진 세상 속에 자신만이 자유를 느낀다고.

　"아!"

남궁장현은 나직하게 감탄사를 터트렸다.

기연이다.

느닷없이 찾아온 기연!

흥분이 끌어올라 심장을 마구 주물렀다.

'진정하자.'

자칫 흥분하여 평생에 한 번 올까 말까 한 기연을 허무하게 날릴 수 없었다.

"후우—."

남궁장현은 눈을 감고 숨을 깊게 들이마셨다.

짧은 명상에 거칠게 뛰던 심장이 조금은 잦아들었다.

마음을 다스린 남궁장현은 천천히 눈을 떴다.

순간이지만 심장이 한 번 꿀렁 뛰었다.

얼핏 보면 눈을 감기 전과 같아 보였지만, 미세하나마 시간이 흘러가고 있었다.

꾹!

검자루가 으깨지지 않을까 싶을 정도로 손아귀에 힘이 들어갔다.

달라진 시간의 축.

기연이 확실했던 것이다.

이건 빼도 박도 못할 정도로 확실했다.

'무얼 해야 하지?'

찾아온 기연을 허투루 놓칠 수 없었다.

아니 최대한 모든 걸 얻을 참이었다.

남궁장현은 고개를 들어 박현을 쳐다보았다.

'갈가리 찢어지는 너의 육신은 안타깝다만, 위패에 모셔 축언은 해주마.'

남궁장현은 만족스러운 미소를 지었다.

평생을 함께한 마원남과 당효기의 죽음은 이미 그의 머릿속에 없었다.

금동보?

'흥!'

코웃음이 나왔다.

돈밖에 모르는 수전노 따위야.

죽련방?

여전히 무림이란 꿈에 갇혀 사는 놈들 따위야, 벽을 깬 자신을 본다면 알아서 기어들어 올 것이다.

그 외에 삼합회 놈들?

힘으로 누르면 그만인 것을.

'어쩌면……'

남궁장현의 눈동자가 흔들렸다.

흥분에 찬 눈매는 호선을 그렸다.

오룡과 함께 이 땅을 지배할 수 있지 않을까?

아니 그들은 인간사에 관심이 없으니, 영원한 자신만의 제국을 만들 수 있지 않을까?

위대한 '명'의 재건국.

황제의 나라.

현세와 이면을 아우르는 진정한 황제.

"흐흐흐흐."

웃음이 흘러나왔다.

'아니야!'

남궁장현은 고개를 저었다.

애써 잡념을 털어내려 했지만 다시 히죽 웃음이 튀어나왔다.

짝짝—

남궁장현은 느긋하게 검을 바닥에 내려놓고 손으로 뺨을 두어 차례 때렸다.

화끈거리는 통증에 정신을 다시 차린 남궁장현은 다시 박현을 쳐다보며 서서히 기운을 끌어올렸다.

느려진 시간의 축 속에서 내력을 빠르게 쌓아올리기 위함이었다.

푸드득—

그때 그의 눈앞으로 비둘기 한 마리가 물 찬 제비처럼 빠르게 지나갔다.

"······?"

이해할 수 없는 상황에 남궁장현은 눈을 껌뻑이며, 이 상황을 이해하려 노력했다.

뭔가 이상함에 다시 박현을 쳐다보았다.

여전히 검강의 파편이 박현을 몸을 폭사해가고 있었다.

푸드득—

그리고 그 사이로 비둘기 한 마리가 휙 날아 지나갔다.

정신이 확 든 남궁장현은 재빨리 고개를 돌려 주변을 쳐다보았다.

어색하게 자신을 쳐다보는 제왕단 경호원들의 모습이 보였다.

그리고 그들의 움직임은 자연스러웠다.

자신의 시간 축 안에 제왕단 경호원도 들어와 있다?

"······!"

화들짝 정신이 들며 좁아졌던 시야가 확 넓어졌다.

부우웅—

빵빵!

등 뒤로 자동차 소리며 경적 소리가 자연스럽게 들려왔다.

'······시간이 느려진 것이.'

아니었다.

그때 그늘이 시야를 어둡게 만들자 남궁장현이 화들짝 고개를 다시 돌렸다.

"뭐하냐?"

그의 앞에 박현이 서 있었다.

그리고 그런 그의 뒤로 여전히 검강의 파편이 둥둥 떠 있었다.

"그, 그럼."

그 모든 게 착각이었다니.

"이익!"

그 모든 것을, 모두가 지켜보고 있었다니.

남궁장현은 치욕스러움에 얼굴이 붉게 물들었다.

그리고 재빨리 박현의 목을 향해 검을 휘둘렀다.

아니 휘두르려 했다.

하지만, 그의 손에 들려 있어야 할 검은 없었다.

'아차!'

착각 속에서 검을 바닥에 내려놓았던 것을 떠올렸다.

남궁장현이 재빨리 검을 주우려 했지만.

콱!

박현이 검을 발로 지그시 밟아 눌렀다.

"뭐, 뭐하나! 이놈을 당장 죽이지 않고!"

남궁장현은 싸늘한 박현의 눈빛에 다급히 뒤로 물러나며

명을 내렸다.

사사삭—

그 명에 제왕단 경호원들이 다시금 박현을 조여가기 시작하려는 그때였다.

후웅!

저 뒤로, 박현을 폭격하던 검강의 파편이 블랙홀에 빨려 들어 가는 것처럼 한순간 오므라들더니.

콰앙!

폭발하듯 사방으로 흩뿌려졌다.

퍼벅! 퍼석! 퍼버벅!

검강의 파편은 박현을 죄여오던 제왕단 경호원들의 몸을 일제히 갈기갈기 찢어발겼다.

비명조차 내지르지 못하고 십수 명의 제왕단 경호원들의 몸은 분쇄되어 사라졌다.

"흐으."

그 광경에 남궁장현은 자신만 살겠다고 땅을 박차며 허공으로 몸을 날렸다.

"훗."

박현은 가볍게 발을 밟아 축지로 공간을 넘었다.

"헉!"

가볍게 남궁장현의 뒷덜미를 잡은 박현은 바닥으로 그를

내쳤다.

쿵!

바닥에 처박힌 남궁장현은 재빨리 자리에서 일어나려다가 하늘에 떠 있는 박현을 보자 눈을 파르르 떨었다.

"……허, 허공답보."

천천히 계단을 밟듯 내려오는 박현을 보며 남궁장현은 몸을 부르르 떨었다.

그저 허공에 격해 보법을 변화시키거나, 그저 허공에 몸을 띄우는 것이라면 몰라도, 마치 평지처럼 움직이는 것은.

"……천, 천외천의 극."

허공답보의 극의에 서야만 행할 수 있는 보보(步步)였다.

애앵— 애앵— 애앵—

그때 사이렌 소리가 울리며 인민대회당 내에서 소총으로 경무장한 공안들의 튀어 나왔다.

"헉!"

그러다 하늘에 떠 있는 박현을 보자 누군가 다급성을 터트렸다.

그러거나 말거나.

박현은 느긋하게 계단을 내려가듯 내려가 남궁장현 앞에 섰다.

"누, 누구요?"

두려움이 가득한 목소리로 남궁장현은 바닥을 기듯 뒤로 물러나며 물었다.

그 물음에 박현이 고개를 슬쩍 모로 꺾었다.

"누, 누구십니까?"

그 모습에 남궁장현이 재빨리 말을 높였다.

"궁금한가?"

박현이 씨익 웃으며 천천히 입을 열었다.

"오룡을 죽일 자."

"헉!"

남궁장현의 얼굴이 단숨에 파리하게 질렸다.

그리고 재빨리 몸을 돌려 도망치려 했지만, 그보다 박현의 발이 더 빨랐다.

퍼석!

박현은 남궁장현의 머리를 밟아 으깨버렸다.

그리고는 몸을 돌려 금동보를 바라보았다.

"히끅!"

그 말을 들어서일까, 아니면 그저 상상조차 하기 힘들었던 가히 하늘의 힘을 보아서일까.

금동보는 박현과 눈이 마주치자 딸꾹질을 내뱉었다.

"발사하라!"

누군가의 명에.

타다당! 타당!

수십 발의 총알이 박현을 향해 쏘아졌다.

투웅!

그리고 마치 영화 속 한 장면처럼 수십 발의 총알은 허공에 가로막혀 멈춰 세워졌다.

저벅 저벅 저벅!

총알이 만들어낸 장막을 뒤로하고 박현은 금동보에게로 걸어갔다.

"문 열어."

박현의 말에 금동보는 허겁지겁 차 문을 열었다.

"가자."

금동보는 여전히 허공에 떠 있는 총알들을 힐끔 쳐다보며 재빨리 박현을 따라 차에 올라탔다.

쿵!

차문이 닫히자.

파바바박!

총알이 날아온 반대 방향으로 날아가 공안들의 몸을 헤집었다.

"으아아아악!"

"끄아악!"

다시금 인민대회당 앞이 피로 물들고.

"출발 안 하나?"

박현이 운전석을 발로 가볍게 툭 치자.

"추, 출발하겠습니다."

차는 매끄럽게 인민대회당을 빠져나갔다.

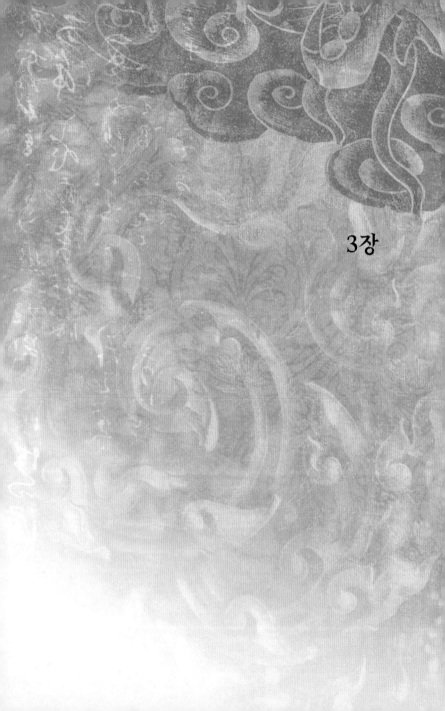

3장

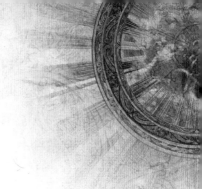

"어이."

박현은 리무진 맞은편에 앉아 있는 금동보를 불렀다.

그는 움찔하며 박현을 쳐다보았다.

"이름이……."

"금동보입니다."

대답은 그가 아닌 수행비서처럼 함께 자리한 허일이 대신했다.

"그런데."

허일이 조심스럽게 박현을 불렀다.

"상해, 어찌할까요?"

허일이 스마트폰을 슬쩍 보여주었다.

준비 끝났습니다.

간단한 문자 하나.

아마도 상해로 간, 허이의 문자였다.

박현은 허일의 스마트폰을 건네받아 금동보에게 툭 던졌
다.

"상해는?"

그가 스마트폰을 집어들자 박현은 허일에게 물었다.

"무주공산이나 매한가지입니다."

허일의 대답에 금동보의 눈동자가 파르르 떨렸다.

"쉽게 정리되겠군."

"예."

허일의 대답에 금동보가 입술을 지그시 깨물었다.

"무얼 원하는 거요?"

금동보는 어금니를 꽉 깨물며 물었다.

"그대가 상해방을 이끈다고?"

금동보는 상해방을, 아들 금거산은 중국 경제 수도라 일
컫는 상해의 자금을.

두 부자는 이인삼각을 펼치듯 중국의 한 축을 장악하고

있었다.

"상해를 원하시는 겁니까?"

"그대의 가문이 만금장이라고?"

"그렇습니다."

금동보는 한껏 경계 어린 눈빛으로 대답했다.

"그럼 셈에 밝겠어."

박현의 비릿한 미소에 금동보는 애써 긴장감을 꾹 눌렀다.

"그대에게 팔 물건이 둘 있어."

"물건 말입니까?"

긴장감이 무색하리만큼 거래를 제안하자, 금동보의 표정이 조금은 밝아졌다.

그렇다고 해서 긴장감을 완전히 놓은 건 아니었다.

금동보는 이런 자들을 잘 알고 있었다.

가진 것보다 더 많은 가치를 받으려 하는 자들을.

어느 정도 용이할 정도의 손해라면 흔쾌히 받아줄 것이다.

"파실 것이 무엇인지요?"

금동보는 상인의 눈빛을 드러내며 물었다.

"최대한 마음에 드실 수 있게 값을 쳐 드리겠습니다."

박현은 무릎에 팔을 얹으며 얼굴을 좀 더 금동보에게 가까이 가져갔다.

"그래야 할 거야, 그 목 지키려면."

그와 눈을 마주치며 씨익 웃었다.

박현의 말뜻을 알아차린 금동보는 마른침을 꿀떡 삼켰다.

"2개라 하심은."

"그대와 그대의 아들."

박현은 얼어붙은 금동보를 바라보며 느긋하게 몸을 등받이로 기댔다.

"둘의 목은 얼마나 할까?"

"……."

"상인의 셈법으로는 얼마나 할지 궁금하군."

금동보는 박현의 시퍼런 눈빛에 눈동자가 힘없이 흔들렸다.

*   *   *

선전시.

쿵!

쿵!

쿵!

"하앗!"

"하앗!"

"하앗!"

땅이 울리며 우렁찬 기합이 창문을 흔들며 들려왔다.

"너무 굴리는 거 아닌가?"

사천당문 가주이자, 사해방 방주인 당철중이 찻잔을 들며 물었다.

"독기를 채워야지."

개방 방주 배극량이 어깨를 슬쩍 들어올렸다.

"독기도 필요하긴 하지."

남궁세가 가주 남궁상환이 고개를 끄덕이며 배극량의 말을 거들었다.

"언제쯤 보내면 되겠나?"

배극량이 당철중에게 물었다.

"이삼일 안으로 보낼까 싶네."

"이삼일이라."

배극량은 생각에 잠겼다가 고개를 끄덕였다.

"험한 일이 제법 발생할 거야."

"그러니 내 저리 굴리는 거 아닌가?"

당철중의 말에 배극량이 음흉한 웃음을 드러냈다.

♪~♩ ♪~♩ ♫~

그때 당철중의 벨 소리가 울렸다.

♪~♩ ♪~♩ ♫~

♪~♩ ♪~♩ ♫~

하지만 마치 도미노가 넘어지듯 배극량과 남궁상환의 전화도 울리기 시작했다.

"말해."

"그래."

"무슨 일이지?"

셋은 서로 눈빛을 교환하며 전화를 받았다.

"뭐라?"

"뭐야?"

"뭐? 그, 그게 참이냐?"

동시에 경악에 찬 목소리가 동시에 터졌다.

각자의 전화기에서 속사포처럼 말들이 쏟아져 나오고, 거의 동시라고 해도 과언이 아닐 정도로 셋은 일시에 전화를 끊었다.

"내가 받은 전화와 같은 내용이겠지?"

배극량이 악귀처럼 얼굴을 일그러트리며 물었다.

"아마도."

당철중은 굳은 얼굴로 고개를 끄덕인 후 남궁상환을 쳐다보았다.

남궁상환은 고개를 푹 숙인 채 온몸을 부르르 떨었다.

그러다 주섬주섬 전화기를 다시 들어 어디론가 전화를 걸었다.

"당장 선전시로 출동해."

상대방이 전화를 받자, 남궁상환은 짧은 명 하나만 내리고 바로 전화를 끊었다.

"설표인가?"

당철중이 물었다.

설표돌격대.

무장경찰본부 소속으로 중국 최정예 특수부대였다.

그리고 설표돌격대의 전신이자, 숨겨진 신분은 바로 남궁세가 창궁단이었다.

"맞네."

남궁상환은 당철중을 바라보며 다시 입을 열었다.

"왜? 안 되는가?"

남궁상환은 눈을 시퍼렇게 떴다.

"그럴 리가."

이내 당철중은 그의 눈빛을 받으며 전화를 들었다.

"나다. 당장 선전시로 넘어와."

툭—

당철중이 전화를 끊었다.

"엽매?"

남궁상환이 물었다.

설표돌격대가 양지에서 활동하며 대외적으로 잘 알려진 특종부대[特種部隊, 특수부대]라면 엽매돌격대는 음지에서 움직이는 대테러부대였다.

당연히 엽매돌격대의 주축은 사천당문이었다.

"배 방주, 남궁 가주."

당철중이 차가운 표정으로 배극량과 남궁상환을 쳐다보았다.

"마음껏 날뛰어 줄 수 있나?"

"마음껏?"

"흠."

둘은 무슨 의미냐는 눈빛으로 당철중을 쳐다보았다.

"흥수를 찾아야지. 하지만 단순히 복수만은 안 돼."

"그럼?"

"압도적인 힘으로 찍어 누른다."

당철중이 싸늘한 목소리로 말했다.

"자네는?"

배극량이 물었다.

"나?"

당철중은 입술을 지그시 깨무는가 싶더니 피식 웃음을 내뱉었다.

복잡한 눈빛이 드러났다.

하지만 조용히 눈을 감고 숨을 두어 번 쉬자, 흔들리던 눈빛이 착 가라앉아 있었다.

"나까지 날뛰면 밥도 죽도 안 돼."

그리고는 복잡한 웃음을 드러냈다.

"그대들이 있잖아. 나 대신 날뛰어 줄."

얼굴은 평온했지만, 얼마나 억세게 주먹을 말아 쥐었는지 손은 핏기가 보이지 않을 정도로 새하얗게 변해 있었다.

"확실히 방주가 우리보다 나아."

"그러니 개소리를 늘어놔도 들어주는 게 아닌가."

남궁상환의 말에 배극량이 한 수 더 거들었다.

"작전은?"

"내일 새벽, 까드득."

당철중이 이를 갈며 살심 가득한 목소리로 말했다.

*　　*　　*

"……상해방을 원하십니까?"

금동보가 힘겹게 입을 열었다.

"휴우—."

하지만 이내 한숨도 내쉬었다.

"어디서 오셨습니까?"

고개를 절레절레 저으며 물었다.

"상해방은 제가 주고 싶다 해도 줄 수 없습니다."

왜냐하면 상해방의 주인은 자신이기도 하지만, 아니기도 했다.

그건 바로, 자신이 섬기는 주군.

정확히는 주인에 가까운 존재.

규룡이 있기 때문이었다.

금동보가 가진 모든 것, 그건 규룡의 것이었다.

"이 새끼, 혼자 북 치고 장구 치고, 나팔까지 불 건가?"

박현이 어이없는 듯 피식 웃음을 내뱉었다.

그 조소에 금동보의 얼굴이 벌겋게 달아올랐다.

"큼. 그럼 원하시는 게 무엇인지요?"

금동보가 물었다.

"중앙위원회."

"……."

금동보는 혹여 자신이 잘못 알아들었는가 싶어 들은 말을 한 번 더 되새겼다.

"주, 중앙위원회라고 하, 하셨습니까?"

너무 당황한 나머지 금동보는 말을 더듬으며 물었다.

중앙위원회.

중국공산당의 최고 권력기관이었다.

공산당의 최고의사결정을 내리고 집행하는 기관으로, 실질적인 중국을 지배하는 기관인 동시에 중국 공산당 최상위 정점에 있는 기구였다.

당연히 그 중앙위원회를 지배하는 곳은 상해방과 공천당, 그리고 태자당이었다.

즉, 그 모든 것을 원한다는 뜻이었다.

"지, 진심이십니까?"

그 뜻은 즉, 중국의 숨은 지배자 오룡에 반하는 일이었다.

박현이 씨익 웃자.

"……진심이시군요."

금동보는 고개를 푹 떨어뜨렸다.

절망이 쌓여 그런 것이 아니었다.

그의 어깨가 조금씩 들썩이는 것을 보면 웃음을 참는 것이 분명했다.

"푸하하하하!"

이윽고 웃음을 참지 못했는지 금동보는 크게 웃음을 터트렸다.

"정말 죽고 싶은 모양이군요."

금동보는 눈가에 눈물을 찍으며 말했다.

"그래."

"……예?"

"그대가 진짜 죽고자 할 줄이야."

박현이 고개를 저었다.

"……!"

순간 머릿속에 번개가 내려치는 듯한 감각에 금동보는 눈을 부릅떴다.

"가끔 마름들은 착각을 하지."

쏴아아아아아!

박현의 몸에서 뿜어져 나온 살기가 리무진을 가득 채웠다.

"주인의 힘이 자신의 힘인 줄 알고."

쩌적— 쩌적—

금동보의 몸이 뒤틀리며 갈라지기 시작했다.

"사, 살려……."

"저승에서 그대의 아들을 기다려."

"아, 안……."

퍼석!

금동보의 몸이 그대로 터져버렸다.

"상해 지우라고 문자 넣어."

"예."

허일은 박현의 말에 피로 물든 앞 좌석을 흘깃 쳐다보며
대답했다.

*　　　*　　　*

"으메! 건물 하나 높긴 높아야."

서기원은 손바닥을 이마에 올리며 높게 솟은 건물을 올
려다보았다.

"저기, ……서 기원님?"

그 모습에 허삼이 어처구니가 없는 표정으로 쳐다보며
서기원을 불렀다.

"응? 왜야?"

"혹시 제 손가락이 구부정한가요?"

그 말에 서기원이 허삼의 손가락을 쳐다보았다.

"아이구야, 사내 손이 이리 고와서 어디다 써야?"

서기원이 안쓰럽다는 듯 허삼을 쳐다보았다.

그 모습에 허삼이 잠시 몸을 부르르 떨었다.

"추워야? 이 따뜻한 날씨에? 혹여 감기여야? 아이구, 몸이 그리 약해서야……."

서기원은 한심스러운 표정으로 허삼을 쳐다보았다.

"하아—."

결국 허삼은 한숨을 푹 내쉬었다.

"손가락을 똑바로 보시라는 뜻이었습니다."

"무슨 소리를 하는 거여야!"

서기원이 펄쩍 뛰었다.

"그냥 다시 한 번 더 보십시오."

허삼이 서기원을 째려보자, 서기원은 그의 기세에 움찔하며 다시 허삼의 손가락 끝을 따라 시선을 옮겼다.

이번에도 서기원의 시선은 부자연스럽게 휘며 다시 고층건물을 올려다보았다.

"하아—."

허삼은 그저 한숨을 길게 푹 내쉬며 서기원 뒤로 걸어가 그의 얼굴을 움켜잡았다.

그리고는 고개를 틀어 시선을 보정해 주었다.

"저깁니다."

고층 건물 옆에 아담한 5층 건물이 붙어 있었다.

"칫, 좋다 말았어야."

서기원은 툴툴거리기 시작했다.

"아니, 돈도 많다면서 뭘 저래 조그만 곳에 있어야?"

"처음 보신 곳이 원래 외각룡의 중앙 본부였습니다."

"그런데 왜 좋은 곳을 놔두고 옮겼대야."

허삼은 '지금 그게 왜 궁금한데!' 라고 소리라도 치고 싶었다.

"14K 대력왕이 습격해 한바탕 헤집고 난 터라 외각룡 자체에 비상이 걸렸습니다. 본부를 다시 재정비할 시간 동안 임시로 옮긴 곳입니다."

하지만 어쩌겠는가?

자신은 을이고, 그가 갑인 것을.

허삼은 속으로 한숨을 삼키며 간략하면서도 나름 핵심적인 부분은 짚어가며 빠르게 설명을 마쳤다.

"아! 하지 말까야?"

서기원은 심드렁한 표정을 지으며 새끼손가락으로 귀를 팠다.

보아하니 설명도 건성으로 듣고 있는 게 분명했다.

빠직!

허삼의 이마에 힘줄이 돋아났다.

"하······."

허삼이 결국 참지 못하고 한마디 쏘아붙이려 했지만.

♩♫

알람음이 울렸다.

그에 허삼은 서기원을 한 번 흘겨보며 재빨리 전화기를 꺼냈다.

"애석해야, 이리도 애석해야. 어찌 너는 나를 기다리지 못하고 저기~ 저기~ 조막만 한 데로 옮겼어야. 그래도 너는 오를 맛이라도 있지야, 너는~. 하아~."

서기원은 세상을 잃은 듯 한숨을 푹 내쉬며 바닥에 쪼그려 앉아, 손가락으로 바닥에 의미 없는 선들을 그어갔다.

'이걸 그냥!'

허삼은 발을 들어 서기원의 뒤통수를 한 대 갈기는 시늉을 했다.

정말 한 대 치고 싶었지만, 상상만으로 끝내며 허삼은 전화기를 서기원에게 넘겼다.

"보십시오."

"응?"

서기원은 동태 눈깔처럼 힘없는 눈으로 전화기를 쳐다보았다.

상해를 지울 것.

"북경에서의 일이 마무리된 모양입니다."

"그래야?"

서기원은 문자를 확인하자 어그적 자리에서 일어났다.

"참~ 세상이 뜻대로 되지 않아야, 그치야?"

서기원은 한이란 한은 홀로 짊어진 듯 하늘을 쳐다보았다.

그깟 외각룡 본부가 뭐라고?

중요한 건 초고층 건물이냐 5층 건물이냐가 아니라, 그 안에 본부가 있느냐 없느냐, 가 아니겠는가.

"그러지 말고 힘내셔서 얼른 정리하시는 게 어떨지요?"

허삼은 터지는 속을 참기 위해 이빨을 꽉 깨물며 말했다.

"힘?"

서기원이 허삼을 쳐다보며 물었다.

"예."

허삼은 순간 싸한 느낌을 받았다.

자신을 쳐다보는 서기원의 눈빛이 묘해졌기 때문이었다.

"그래야, 힘을 내야지. 힘을 내야 저것들을 뽀사부리지. 안 그래야?"

서기원은 다정하게 옆으로 다가와 친근하게 어깨동무를 했다.

"……그러얼죠?"

허삼은 불안한 마음에 목소리가 늘어졌다.

"힘을 내는 데는 그 뭐시기야, 응원이 필요하지야. 안 그래야?"

"……네."

"그럼, 지금 네가 내 동무이니 응원을 해줘야겠지야?"

"제, 제가 말씀입니까?"

"응!"

서기원은 해맑게 웃으며 고개를 끄덕였다.

"히, 힘내십시오."

허삼은 어이가 없었지만, 애써 밝게 주먹을 쥐어 보이며 파이팅을 외쳐주었다.

"어허!"

서기원은 목소리를 깔았다.

"애들 장난도 아니고야."

"그, ……그럼?"

불길함이 스물스물 기어올라 왔다.

"응원에는 말이야."

"……예."

"노래가 최고지야. 그래서 응원가가 있는 거여야. 안 그래야?"

"……노래 ……말씀이십니……까?"

허삼이 어처구니가 없다는 듯 되물었다.

딱!

서기원이 손가락을 튕겼다.

"'뮤직'이 '큐'야!"

'니미럴.'

허삼이 얼굴을 화락 구렸다.

딱, 딱, 딱!

노래가 나오지 않자 서기원이 손가락을 몇 번 더 튕겼다.

"오랫동안 혼자서 바람도……."

허삼은 마지 못해 노래를 부르기 시작했다.

"으음!"

서기원이 검지를 세워 좌우로 흔들었다.

"어디서 칙칙하게, 그런 노래를 불렀어야!"

마치 학생을 엄하게 나무라는 선생처럼 서기원은 허삼을 꾸짖었다.

"듣기 좋은 거 뭐시기야."

서기원은 말꼬리를 길게 늘어트렸다.

"……?"

"나는 말이야, 화이트핑크가 들을 만해야. 커험."

서기원은 슬쩍 눈을 피하며 무안함을 감추려 헛기침을 내뱉었다.

'니미.'

허삼의 얼굴이 화그작 구겨졌다.

그 말은 즉, 자신보고 K-POP 여자 그룹 노래를 부르라는 거였다.

그런데 문제는 자신이 K-POP 노래를 안다는 거였다.

"WHITEPINK in your area. Been a bad girl I know I am. And I'm so hot I need a fan……."

"음, 좋아야."

서기원은 어깨춤을 추며 도깨비방망이를 꺼내들었다.

그리고 마치 망나니처럼 휘휘 춤을 추며 외각룡 임시 본부인 5층 건물로 향했다.

그가 좀 멀어지자.

"그럼 파이팅입니다!"

허삼이 노래를 멈추며 응원을 보냈다.

"뭔 소리여야?"

서기원이 춤을 멈추며 말했다.

"네?"

"응원가는 말이어야, 옆에서 들려야 제맛이어야."

"그, 그게 무슨……."

허삼은 주춤 뒤로 물러났다.

아니 물러나려 했다.

하지만 서기원이 얼른 옆으로 다가와 어깨동무를 했다.

"윽!"

말이 좋아 어깨동무지 그건 강제 동행이었다.

"우리는 한 팀! 하안! 티임!"

"그, 그게. 아, 아니 저는……."

"'뮤직'이 '큐'야!"

"으아악!"

서기원은 손가락을 다시 튕기며 허삼을 질질 끌다시피 함께 5층 건물로 향했다.

"이 미친 새끼야!"

허삼의 울부짖음이 5층 건물에 닿았다.

잠시 후.

"히끅! 히끅!"

허삼은 상상조차 해보지 못한 가공할 서기원의 무위에 놀란 나머지 딸꾹질이 튀어나왔다.

"후우—"

서기원은 핏빛 어린 긴 숨결을 내뱉으며 목을 좌우로 우드득 꺾었다.

"노래가 끊겼어야."

"아, 아, 옙!"

"그럼 다시 가볼까야."

쾅!

서기원은 다시 바닥을 부수며 적진을 향해 뛰어들었다.

'저, 전신(戰神)의 재림인가.'

허삼은 사천왕의 힘을 두른 서기원의 뒷모습을 보며 몸을 부르르 떨었다.

"노래 소리가 작아져야. 얼른얼른 따라 붙어야."

"예, 옙. 가, 갑니다!"

허삼은 허겁지겁 서기원의 뒤를 따라 붙었다.

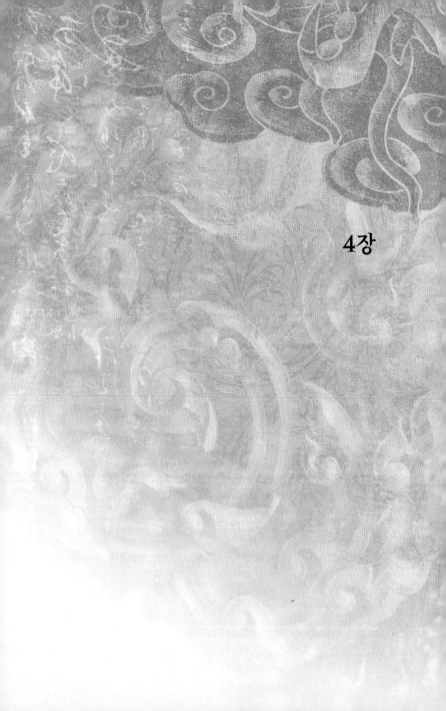

4장

상해가 무너지고.

소림이······.

소림사 앞, 대로.

관광지답게 소림사 앞은 사찰 앞이라고 하기 민망할 정
도로 휘황찬란했다.

"아직 명령도 내려오지 않았는데, 가볍게 차 한 잔 어떻
겠습니까?"

조완희를 안내한 허이가 전화기를 품에 넣으며 말했다.

"차라."

조완희는 대로에 쭉 늘어선 식당가를 쭉 살폈다.

'사천 전문?'

그중 자그만 식당 하나가 눈에 들어왔다.

관성제군.

관우의 촉나라의 근간이 사천 지방이었다.

'사천이라.'

어차피 관성제군의 힘을 빌려야 하는데, 그에게 가벼운 유희로 사천요리를 대접하는 것도 나쁘지 않을 듯싶었다.

"이왕이면 배를 채우는 게 좋을 듯싶군요."

그렇게 둘은 사천요리 전문점에 들어섰다.

"주문하신 회과육에 랑주(郞酒) 나왔소."

주방장 겸 사장이자, 접객원인 중년인이 투박한 접시에 돼지고기 요리와 붉은색 술병을 내왔다.

"별난 젊은이로군. 소림사 앞에서 사천요리를 찾고."

"그리 본다면 소림사 앞 사천 식당이 더 이상하지 않소?"

"나야 고향이 사천이라 그렇지."

"동문이외다."

"젊은이도 사천 출신이로군."

사장은 조완희와 허이를 슬쩍 훑어보며 고개를 끄덕였다.

"집 나오면 고생이지. 객지에서 고생하는데 찻값은 받지 않음세. 맛나게 먹고 가게나."

비록 작은 값이었지만, 삭막한 현실에 그만한 정이 어딘가?

"맛은 내 장담하네. 많이 비우고 가게."

사장은 바쁜 듯 서둘러 주방으로 돌아갔다.

둘의 대화를 잠잠히 지켜보던 허이는 고개를 갸웃거렸다.

'말투가……'

뭐라고 해야 할까.

고리타분한 어른들이 쓰는 어투라고나 할까?

곰곰이 돌이켜보니 말투뿐만이 아니었다.

식당에 들어서면서부터 행동거지도 뭔가 좀 달라졌다.

젊은 사람 특유의 경쾌함 대신 진중함이 느껴졌다.

'신을 모시는 무당이라 그런가?'

때로는 모시는 신에 따라 성격 자체가 바뀌는 경우가 있다는 소리를 얼핏 들은 것 같았다.

하지만 무슨 상관이랴.

"이왕 술도 시켰으니 제가 한 잔 따라드리겠습니다."

허이는 회과육과 사천 백주를 물끄러미 바라보는 조완희를 향해 술병을 들었다.

쪼르르—.

맑은 술이 잔을 깨끗하게 채웠다.

"고맙네."

말투가 영 적응되지 않지만, 허이는 그러려니 했다.

술잔을 든 조완희는 술을 천천히 넘기며 음미하는 모습
이었다. 그 뒤 젓가락을 들어 회과육 한 점을 입으로 가져
갔다.

그에 허이도 술 한 잔 마시며 회과육을 먹었다.

술향도 좋고, 고기도 연한 게 맛이 참으로 좋았다.

"여기 음식을 상당히 잘하는군요."

허이도 생각보다 좋은 맛에 눈을 동그랗게 뜨며 말했다.

"……?"

헌데 조완희의 표정이 그다지 좋지 않아 보였다.

"왜, 입에 안 맞으십니까?"

허이가 조심스럽게 물었다.

"아니네."

조완희는 고개를 저었다.

"다만."

"……?"

"세월의 흐름은 참으로 무상(無常)하군."

"……예?"

웬 세월의 흐름?

무상은 또 무슨 무상?

조완희는 술잔에 술을 따라 한 잔 마신 뒤, 경쾌하게 잔을 탁자에 내려놓더니.

"홍두생남국(紅豆生南國), 춘래발기지(春來發幾枝), 원군다채힐(願君多采擷), 차물최상사(此物最相思)[1]."

구슬픈 목소리로 시를 읊었다.

"왕유(王維)의 상사(相思, 그 리움)라는 시일세."

조완희가 씁쓸히 웃으며 말했다.

"······아, 예."

그에 허이가 어색하게 웃으며 대답했다.

"살아생전에 이런 시인이 있었다면 얼마나 좋았을까. 내밤새 술을 대접했을 텐데 말이야."

조완희는 술잔을 비우며 허이를 쳐다보았다.

"자네."

"예?"

"이름이 뭔가?"

"네?"

"이름이 무엇인가 묻지 않는가?"

"허이라고 말씀을 드렸었습니다."

"허이, 허이라. 허 가(家)네 둘째인 모양이군."

"아, 네……, 뭐……. 하하."

허이는 어색함이 더 짙어졌다.

"자네 연의 좋아하나?"

"연의요?"

"그래, 연의."

"……?"

"그리 말하면 모르겠군. 삼국지연의 말일세."

"읽어보지는 않았지만 압니다."

"요즘 애들은 잘 안 읽더군."

"뭐……."

허이는 무안한 듯 뺨을 긁었다.

"내 읽어보니 아주 재미있더군."

"……."

"특히, 본좌가. 아니 관우가 데운 술이 식기 전에 적장의 목을 베고 오는 부분이 참으로 재미있었어."

"그 부분은 저도 재미있었습니다."

일단 맞장구가 중요하니 허이도 고개를 끄덕였다.

쿵!

조완희가 손바닥으로 탁자를 크게 두들겼다.

"주인장! 여기 데운 술 하나 부탁하외다."

'하, 하외다?'

그 말에 허이는 어이가 없었다.

무슨 명, 청 시대도 아니고.

어쨌든, 따끈하게 데운 술이 나오고.

"한 잔 따라보거라."

'보거라?'

허이는 은근 속이 부글부글 끓었다.

하지만 그런 마음과 달리 허이는 생각보다 뜨거운 술병을 들어 조완희의 술잔을 채웠다.

"연의는 거짓이지만, 내 이번에 진실로 만들까 하네."

"네?"

휘리리릭!

언제 꺼냈는지 조완희는 커다란 언월도를 머리 위로 휘휘 돌리더니.

쿵!

바닥을 찧었다.

"내 술이 식기 전에 돌아오지."

"네?"

"그리 오랜 시간은 아닐 게야."

"예?"

"허허허허허허!"

조완희는 없는 수염을 쓰다듬으며 그 자리에서 사라졌

다.

"쓰벌."

조완희가 사라지자 허이가 얼굴을 화락 구겼다.

'이 새끼가 진짜 미친놈이었어.'

*   *   *

소림사 일주문.

쿵!

조완희는 그 앞에 서서 언월도를 바닥에 찍었다.

주변으로 오가는 수많은 사람들이 날이 시퍼런 언월도를
보았지만 다들 무심히 지나갔다.

워낙 많은 이들이 병장기를 들고 다녔기 때문이었다.

"그럼 술이 식기 전에 다녀와 볼까?"

조완희는 품에서 붉고 검은 홍생(紅生)[2] 경극가면을 꺼내
썼다.

팡!

조완희, 아니 관성제군은 땅을 박차며 소림사 내 금지(禁
地)이자, 비경으로 몸을 날렸다.

그리고 잠시 후.

"꺼억!"

승복을 입은 무승이 조완희에게 멱살이 잡혀 갈대처럼
이리 휘날리고 저리 휘날리며 겨우겨우 입을 뗐다.

"지, 진무림의 소, 소림은 여기가 아니……닙니다."

"잉? 여기가 아니야?"

"저, 저기…… 저 건물…… 우와아아악!"

조완희는 소림사 무승을 저 멀리 집어던지며 그가 가리
킨 방향으로 고개를 돌렸다.

현대식 건물 위에 붉은 글씨로 '숭산소림사무승단배훈
기지'라 적혀 있었다.

*   *   *

"헉!"

허이는 갑자기 다시 모습을 드러낸 조완희를 보자 깜짝
놀라 헛바람을 들이마셨다.

"버, 벌써 해결……."

"허가야."

"예?"

"술 다시 데우자."

"네?"

조완희는 반문하는 허이를 향해 눈을 부라렸다.

*　　*　　*

땡그랑— 파삭!

찻잔이 바닥으로 떨어지며 반으로 갈라졌다.

"아, 아버지께서…… 아버지께서 돌아가셨다고?"

금거산은 경직된 얼굴로 물었다.

"그, 그렇습니다. ……룡주."

위중산도 참담함을 숨기지 못하며 대답했다.

"어느 놈이!"

금거산은 반쯤 미친 놈처럼 소리를 질렀다.

"일단 고정하십시오, 룡주."

위중산은 금거산을 달래며 등 뒤로 따뜻한 차를 한 잔 더
내오라고 손짓을 했다.

따뜻한 차를 다시 한 잔 내오고.

"룡주가 흔들리면 만금장이 흔들립니다. 더 나아가 외각
룡이 흔들립니다. 굳건히 마음을 다잡으십시오."

"후우—."

위중산의 진심 어린 충고에 금거산은 길게 숨을 내쉬며 따뜻한 찻물로 마음을 달랬다.

"어찌 된 일인지 상세히 말하라."

여전히 감정이 들끓었지만, 적어도 전처럼 폭주하듯 감정을 뿌리지는 않았다.

"최상회의(最上會議)를 위해 마원남 전대방주, 당효기 전대가주, 남궁장현 전대가주와 상룡주(上龍主)께서 인민대회당으로 모이셨습니다."

위중산은 올라온 보고를 최대한 객관적인 시선을 유지하며 풀어냈다.

"인민대회당에서 대기하고 있던 살수가 세 명의 전대 가주를 습격했다고 합니다."

"살수들이 아니고 살수?"

금거산이 혹시 실수가 아니냐고 되물었다.

"저도 의아해서 다시 확인했지만, 단 한 명의 살수였습니다. 물론 그에게 동조한 몇몇 내부 조력자는 있었지만, 살행을 행한 건 한 명이었다고 합니다."

"끄응."

"정확히는 살수의 것이라기보다는 압도적 폭력에 의한 살인이 더 맞다 보여집니다."

앓는 소리를 냈던 금거산의 눈이 부릅떠졌다.

살수.

그래, 살수라면 수백 번 양보해서 어찌어찌 이해하려 노력해 볼 수 있었다.

때와 장소, 방심.

이 삼박자만 맞으면 누구라도 죽일 수 있다고 하는 게 살수들이니까.

그런데 등을 노린 살수의 검에 죽은 게 아니다?

너무나도 당황스러운 보고에 금거산은 입만 벙긋거릴 뿐 좀처럼 말을 잇지 못했다.

"그곳에 개방의 공안들과 남궁세가들의 경호원들도 있지 않았나?"

"모두 죽었습니다."

"모두 죽어?"

"예."

"그게 무슨……."

금거산은 헝클어진 머릿속이 좀처럼 정리가 되지 않았다.

"……아버지도 그리 돌아가셨나?"

"아닙니다."

"그런데 어찌!"

금거산의 감정이 다시 들뛰었다.

"인민대회당에서 대략 3km가량 떨어진 곳, 차량 안에서 시신으로 발견되셨습니다."

"그 자리가 아니라?"

"전후 사정은 알 수 없지만, 그 살수가 상룡주와 함께 차를 타고 인민대회당을 빠져나갔다는 보고입니다."

"두, 둘이 아는 사이인가?"

"그것까지는 알아내지 못했습니다."

금거산의 질문에 위정산은 고개를 저었다.

"결국 그자의 손에 죽은 것이로군."

"그것도 정확히 알 수 없으나 그런 것으로 보여집니다."

"하아—."

금거산은 깊은 한숨을 내쉬었다.

"지독한 함정을 빠지셨군. 아니 그 살수란 놈이 밀어넣은 것인가?"

"설마……."

금거산의 중얼거림에 위중산의 눈이 부릅떠졌다.

"분명 사해방의 눈에는 달리 보일 것이야."

충격에 분위기가 더욱 무거워졌을 때였다.

콰당!

"료, 룡주."

장충량이 허겁지겁 방 안으로 뛰어들어왔다.

"아량!"

위중산이 재빨리 충격을 털어내며 장충량을 나무랐다.

"그, 그게 중요한 게 아닙니다."

"상룡주께서 돌아가신 게 중요한 게 아니라니!"

위중산이 노기를 드러냈다.

"예, 예?"

그 사실을 몰랐었는지 장충량은 벙 찐 표정을 지었다.

"그, 그게 무슨 말씀인지……."

"한 시간 전, 상룡주께서 살수에게 죽임을 당하셨다."

"아!"

장충량은 정신이 혼미해진 것인지 짧게 휘청였다.

"괜찮으냐?"

위중산이 재빨리 장충량을 부축했다.

"괜찮습니다, 형님."

장충량은 곧바로 그의 손길을 털어냈다.

"그래 무슨 일이냐?"

위중산의 말에 장충량의 몸이 눈에 띄게 굳어졌다.

"룡주. 형님."

장충량은 축축해진 눈에 핏발이 들어섰다.

그는 어금니를 꽉 깨물며 입술을 열었다.

"상해, 상해 본부가 무너졌습니다."

"뭐?"

위중산의 목소리가 튀어나왔다.

"그게 무슨 소리야! 상해 본부가 무너졌다니."

그리고 금거산의 더할 나위 없는 분노가 터졌다.

그 시각.

"어, 어디가 무너져?"

방장 양호는 믿을 수 없다는 듯 물었다.

"진소림이……."

1금강 육홍이 눈을 질끈 감으며 간신히 대답했다.

"흠."

"어찌……."

함께 자리하고 있던 무당파 장문인 우경과 화산파 장문인 송계조가 나름 애석함을 드러냈다.

하지만, 한 울타리 안에 있어도 같은 담 안에 사는 건 아니었다.

남의 일, 남의 문파의 일.

애석하지만, 단지 그뿐.

"그놈들이 누구냐! 누가 대체. 아니 본문을 지키는 금강들은!"

아니, 소림의 힘이 깎여 나갔으니 한편으로 좋은 일인
가?

다가오는 어둠도 모른 채 두 장문인은 애써 표정을 관리
하기 시작했다.

또 그 시각.

사해방.

세 명이 앉아 있는 원탁이 한겨울의 설풍을 뒤집어쓴 듯
얼어붙었다.

"어, 어르신들이 돌아가셨단 말이냐?"

비록 세월의 흐름을 피할 수 없다 하여도, 그들은 천외천
이었다.

전 무림을 뒤져도 그를 죽일 수 있는 인물들은 없다 해도
무방하다.

하물며 셋이지 않은가.

무의 끝을 보았다는 그 셋이 죽었다고 한다.

공안과 경호원을 상시 대동하는 그들이.

믿을 수 없는 말에 침묵이 내려앉았다.

"믿을 수 없어. 아버님이…… 아버님이 어떤 분이신
데."

사천당문의 극의인 만천화우를 피어내신 분이었다.

절망하는 이는 비단 당철중만이 아니었다.

남궁세가의 남궁상환도, 개방의 배극량도 매한가지였
다.

충격은 슬픔으로, 슬픔은 곧 분노로 바뀌었다.

"누구냐?"

"뒤를 쫓고 있습니다."

"누군지도 파악하지 못했단 말이냐?"

"죄송합니다, 형님."

당철중의 명에 국가안전부 부장, 당필중이 고개를 숙였
다.

"반드시 찾아내겠습니다."

그때 공안 복장의 사내가 안으로 들어와 당필중에게 무
어라 속삭였다.

"그게 참이냐?"

"예."

"찾았느냐?"

당철중이 물었다.

"그자의 흔적이 상해에서 발견되었다 합니다."

"어디, 상해?"

당철중의 얼굴이 일그러졌다.

"잠깐."

배극량이 대화에 끼어들었다.

"금동보, 그자의 시신이 현장이 아닌 곳에서 발견되었다고 했었지?"

"예."

"금동보의 시신을 확인했느냐?"

순간 당필중의 표정이 굳어졌다.

"외각룡에서 자체적으로 시신을 수습했습니다."

"확실히 죽은 거 맞나?"

배극량의 목소리가 싸늘해졌다.

"야!"

배극량은 국가안전부장 당필중 옆에 서 있는 공안부장 등규에게로 다가가 종아리를 걷어찼다.

"너 이 새끼, 그것도 확인 안 하고 보고를 올려?"

"죄송합니다, 방주."

등규는 고통을 참아내며 허리를 숙였다.

"정리해 보자."

배극량이 당필중을 쳐다보았다.

"한 무뢰한에 어르신들이 죽임을 당했고, 그 자리에 있던 금동보가 그와 그 자리를 벗어났다. 맞나?"

"예."

당필중이 대답했다.

"그리고 금동보의 시신이 발견되었고, 그 시신은 확인하지 못했다. 맞지?"

"예, 방주."

등규가 대답했다.

"그 무뢰한의 흔적이 상해로 이어졌고."

"그렇습니다."

당필중.

배극량은 이를 까드득 갈며 고개를 돌려 당철중과 남궁상환을 쳐다보았다.

"외각룡의 짓이라 보오?"

당철중이 고개를 저었다.

"모르지."

"모른다?"

당철중은 당필중과 등규를 쳐다보았다.

"당장, 선전시에서 대기하고 있는 인민무장경찰을 홍콩에 투입해. 그리고 설표 돌격대와 엽매 돌격대는 시간 차를 두고 은밀히 침투시켜."

"옙!"

"예!"

당필중과 등규는 부동자세를 취하며 복명한 후 방을 빠

져나갔다.

"다 죽일 거야. 그러면 어떤 놈의 짓인지 알게 되겠지."

당철중의 몸에서 시퍼런 살기가 터져 나왔다.

*용어

1) 홍두생남국(紅豆生南國) ~ 차물최상사(此物最相思):
남쪽에서 자라는 홍두(紅荳),
봄이 왔으니 몇 가지나 피었을까.
원컨대 그대는 많이 따소서.
이것이야말로 가장 서로를 그리워하는 것일지니.

2) 홍생(紅生): 관우처럼 문무를 겸하는 배역의 분장으로 붉은 피부에 검은 색으로 치장으로 한 후 수염을 길게 늘어뜨린다.

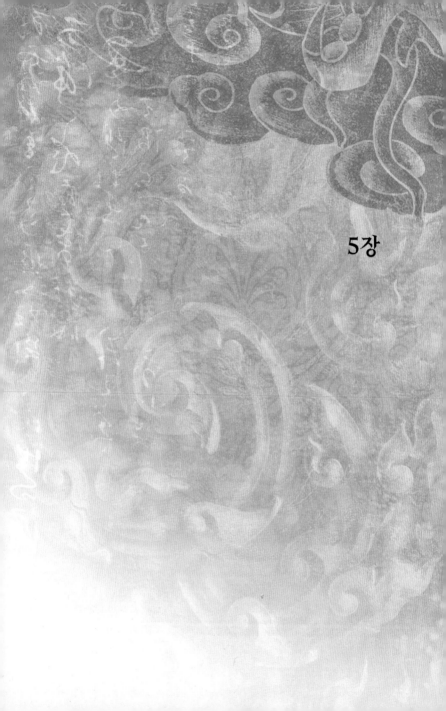

5장

오전 8시.

카일리 람 홍콩 행정장관은 삼합회 간의 폭력이 시민들의 안전을 위협한다 하여 일시적 계엄령 선포.

오전 9시.

선전에서 대기 중이던 개방의 무력단체인 인민무장경찰대가 홍콩으로 넘어옴.

오전 9시 반.

시민단체들의 극심한 반대 표명.

오전 11시와 11시 반.

남궁세가의 창궁단 설표돌격대와, 사천당가의 엽매돌격대가 해양을 통해 홍콩에 상륙.

오후 2시.

홍콩 전역 사이렌이 울리며 모든 방송에서 긴급 속보를 통해 대대적인 소탕 작전 돌입을 알림.

오후 8시.

중국 본토 군인 투입에 대규모 반대 시위가 열림.

오후 9시.

시민들의 대규모 시위가 삼합회와 인민무장경찰대의 충돌에 휩쓸림.

수백 명의 사상자 발생.

오후 11시.

카일리 람 홍콩 행정장관 긴급 성명서 발표.

계엄령 재차 확인.

모든 시민들 안전을 위해 통행 금지할 것을 주문.

＊　　　＊　　　＊

쾅!

무당파 장문인 우경이 탁자를 주먹으로 내려쳤다.

"어찌 이럴 수 있단 말이오!"

그의 분노는 머리끝까지 치솟아 있었다.

사해방은 끝내 중국 공권력을 끌어와 홍콩에 총구를 들이밀었다.

그에 외각룡과 사룡방, 14K는 전통적인 삼합회의 근간답게 서로 힘을 합쳤다.

사해방에 공권력이 있는 것처럼 죽련방에도 그들에게 밀리지 않을 힘을 가지고 있었다.

무림.

그리고 무림맹.

비록 무림맹이 남북으로 갈라졌다고는 하지만, 무림맹의 깃발 아래 모여 있는 수많은 무림인들이 바로 그들이었다.

하지만.

죽련방과 선을 긋고 독자적인 노선을 걷던 남천맹(南天盟)의 맹주 남주 팽천악이 보란 듯이 외각룡과 사룡방, 14K과 손을 잡았다.

그것만으로도 부아가 치밀어 오르건만.

얌전히 수족 노릇이나 하던 단우백이 자신들의 뒤통수를 치고 사해방에 붙어버린 것이 아닌가.

크나큰 충격이었다.

"뼈대 없는 낭인 놈을 맹주 자리에 앉혀놨으면 곱게 말이나 들을 것이지."

화산파 장문인 송계조도 화를 참지 못하고 노기를 드러냈다.

죽련방은 힘을 합친 전통적인 삼합회 세 상방과 공권력을 등에 업은 사해방 사이에 끼어 이리 치이고 저리 치이는 꼴이 되고 만 것이었다.

"방주! 뭐라 말 좀 해보시오."

우경이 답답하다는 듯 소림사 방장 양호를 불렀지만, 소림사의 본산이 무너진 것이 어지간히도 충격인 듯 그의 침묵은 오래 이어지고 있었다.

"하아—."

그에 우경은 한숨을 내쉬며 송계조를 쳐다보았다.

그 시선에 송계조는 충격에 빠진 양호의 모습을 보며 고개를 절레절레 저었다.

"중경."

그때 양호가 입을 뗐다.

"……?"

"중경?"

"중경으로 일단 물러납시다."

"중경 말이오?"

양호의 말에 우경이 잠시 고개를 갸웃거렸다.

"그곳에서 힘을 다시 모아야겠소."

"중경이라."

송계조는 수염을 쓰다듬으며 우경을 힐끔 쳐다보았다.

"나쁘지 않은 생각이오."

죽련방은 은밀히 움직인다고, 소수 정예만 들어온 터라 열세에 처해 있었다.

"저들이 이리 나오는데 우리라고 전면에 나서지 못할 이유가 없어 보입니다."

"흠."

"음."

각자 생각에 잠겼던, 우경과 송계조는 거의 동시에 고개를 끄덕였다.

"그게 좋겠소."

"나도 동의하외다."

"국경이 폐쇄되기 전에 빠르게 중경으로 물러……."

그때 한 사내가 안으로 뛰어들어왔다.

"무슨 일이냐?"

"주, 중경 본방의 연락이 끊어졌습니다."

"중경이 어째?"

양호가 자리에서 벌떡 일어났다.

"그게 무슨 소리냐!"

"중경이 왜!"

우경과 송계조 역시 화들짝 놀라며 물었다.

소림과 화산, 무당은 함께 하지만 지리적으로 서로 너무 멀리 떨어져 있었다. 그렇기에 중경을 중심으로 무림맹을 만들어 놓아 서로 간의 소통 창구로 이용해왔었다.

그런 중경이 무너지면 서로 간의 연결 고리가 끊어지는 거나 매한가지였다.

"그, 그게……."

"말을 해! 말을!"

우경이 손바닥으로 탁자를 내려치며 호통을 섞어 재촉했다.

"외천단이 반란을 일으켰다고……."

"외, 외천단이?"

순간 양호의 얼굴이 구겨졌다.

"……저, 정확한 정보는 아닙니다."

"단우백, 이 개새끼!"

송계조가 주먹을 으스러지도록 말아 쥐었다.

"크, 큰일 났습니다."

그때 나한 승 하나가 안으로 뛰어들어왔다.

"바, 밖에……."

"……?"

"인민무장경찰부대가 건물을 포위하고 있습니다."

"뭐?"

그때였다.

휘이이익—

휘파람 소리 같은 날카로운 소리가 들리는가 싶더니, 최
루탄 몇 개가 유리창을 깨트리며 방 안으로 굴러들어 왔다.

펑!

이어 최루탄이 터지며 금세 연기가 방 안을 가득 채우자.

와장창창창!

사방 모든 창문이 깨지며 검은 군복을 입은 이들이 뛰어
들어왔다.

옆 건물 옥상.

검은 군복을 입은 단우백이 방독면을 집어 들었다.

"괜찮겠나?"

옆에 서 있던 당철중이 물었다.

"결자해지. 남의 손을 빌릴 정도로 뻔뻔하지 않소."

단우백은 당철중을 쳐다보며 방독면을 썼다.

스릉!

허리춤에서 뽑혀 나온 검이 서슬 퍼렇다.

"끝나면 술이나 한잔하지. 천하 통일을 기리며."

당철중이 그의 어깨를 툭 친 뒤, 뒤로 빠졌다.

단우백은 단걸음에 옥상 난간을 발로 밟으며 양호, 우경, 송계조가 있는 방 안으로 뛰어들었다.

"한 놈도 놓치지 마라!"

그를 지켜보던 당철중이 짧게 명을 내렸다.

"옙!"

"옙!"

건물을 포위한 인민무장경찰부대, 개방 홍구단이 우렁찬 목소리로 복명했다.

*　　　*　　　*

귀수산 내 자그만 동공.

"남은 건 무당과 화산의 본산뿐인가?"

외각룡, 본부가 서기원의 손에 무너졌다.

사룡방의 본거지 홍콩은 아수라장이었으며, 14K의 마카오는 이미 폐허가 된 지 오래.

사해방은 전대 가주들의 죽음으로 모든 힘이 선전으로 집결하고 있었다.

남은 건 죽련방.

소림사는 조완희가 무너트렸고, 그렇게 남은 건 무당과 화산뿐이었다.

"중경 무림맹이 북천의 손에 떨어졌답니다."

왕대인.

"그렇다면 굳이 손을 쓸 필요는 없어 보이는군."

박현이 고개를 끄덕였다.

"그리고 조금 전 사해방이 홍콩에 잠입한 죽련방을 기습했다 합니다. 그 검이 북천단이랍니다."

"중경마저 잃었으니, 기습에 살아남는다 해도 알아서 무너지겠군. 남천마저 등을 돌렸으니."

박현은 고개를 주억거렸다.

"이제 어찌하시렵니까?"

왕대인이 조심스럽게 물었다.

"기다려야지. 중국 내 모든 이면의 힘이 홍콩에 집결될 때까지."

"……?"

"서로의 힘을 갉아먹고 갉아먹어 지칠 때까지. 그때 중국의 이면을 일시에 무너트린다."

박현의 눈빛이 시퍼렇게 반짝였다.

"오룡도 손발이 잘리면 무거운 엉덩이를 떼지 않겠나?"

"그런데 …… 투룡방만으로 되겠습니까?"

왕대인이 조심스럽게 물었다.

"그대들이 있지 않은가?"

박현의 물음에 왕대인의 표정이 한순간 굳어졌다.

"미약하지만 성심을 다해 거들겠습니다."

하지만 곧 다부진 눈빛으로 대답했다.

"적잖은 피가 흐르겠지만."

박현은 왕대인을 지그시 바라보았다.

"약조대로 이 땅이 너희 것이 될 터이니, 손해는 아닐 것이야."

그 말에 왕대인이 몸을 부르르 떨었다.

"너무 걱정 말라. 본인이 가진 힘이 투룡방만이 아니니."

박현은 왕대인의 어깨를 두들기며 자리에서 일어났다.

"어디에 가십니까?"

"일본."

왕대인의 물음에 박현이 씨익 웃으며 대답했다.

"그곳에 나의 또 다른 힘이 있다."

그 말을 남기고 박현은 그 자리에서 사라졌다.

＊　　　＊　　　＊

일본 전통 가옥.

상석에 앉은 박현이 차분한 얼굴로 좌우에 자리를 잡은 이들을 내려다보았다.

야쿠자들의 정점이자, 일본의 어둠이자 이면을 지배하는 4인의 오야붕들이었다.

"그대는 처음 보는군."

박현은 한 자루 칼날처럼 예리한 기운을 머금은 이를 쳐다보았다.

"인사 올립니다. 고베 야마구치구미의 기쿠치 료스케라고 합니다."

고베 야마구치구미면 검계였다.

"한국 이름은 이광도라고 합니다."

한국어를 하는데 일본 특유의 억양이 느껴지지 않을 정도로 부드러웠다.

"어머니가 일본 분이십니다."

나란히 앉아 있는 이리에 타다시, 이강식이 말을 덧붙였다.

"그렇군."

아마 검계가 전면적으로 나서기에는 부담스러웠을 터.

박현은 고개를 끄덕인 후, 시사와 호야우카무이를 쳐다
보았다.

"북성을 대신해 이나가와카이를 맡게 되었습니다."

호야우카무이.

"결국 독립했습니다."

시사가 말을 덧붙였다.

드르륵.

기모노를 입은 불여우 일족 홍화가 다분히 긴장한 모습
으로 말차를 내왔다.

"안 그래도, 여기에 터를 잡았다는 소리는 들었다."

백면금모구미의 여우, 키츠네가 죽자 고베 야마구치구미
는 힘의 근간이 흔들리며 존폐 위기까지 몰렸다.

그에 백택과 이리에 타다시, 시사, 호야우카무이가 모여
논의 끝에 고베 야마구치구미의 새로운 아네고로 '홍화'를
세웠다.

불여우 일족은 친화적인 외연과 달리 생각보다 북에 마
음의 뿌리를 내리지 못했었다.

그런 불여우 일족을 유심히 보던 백택이 제안을 했고, 홍

화는 과감히 그 뜻을 받아들여 불여우 일족을 이끌고 일본에 정착한 것이었다.

"어디든 뿌리를 내리면 그곳이 고향이지. 잘 살기 바란다."

박현은 덕담을 건넸다.

"감사합니다, 주군."

홍화는 자리에서 일어나 큰절을 올렸다.

"이리 모이라 한 이유는."

박현은 말차로 목을 축인 뒤, 입을 열었다.

"너희들의 힘이 필요하기 때문이다."

그 말에 네 명의 사내들의 눈빛이 반짝였다.

"중국입니까?"

아무래도 다른 이들보다는 박현의 사정에 좀 더 밝은 이리에 타다시가 물었다.

"일단 홍콩이다."

홍콩.

야쿠자이면서 이면의 단체였기에 그들은 누구보다 홍콩에서 일어나는 내분에 대해 잘 알고 있었다.

"……설마."

이리에 타다시는 놀란 눈으로 박현을 쳐다보았다.

　　　　＊　　　＊　　　＊

북경.

자금성, 금지(禁地).

"이것도 드시와요."

청나라 정통 옷을 반쯤 벗은 여인이 응룡의 입에 초콜렛을 하나 집어 넣어주었다.

"좋구나."

응룡은 시가를 입에 물었다.

그때 흐릿한 인형들이 그의 앞에 뚝 떨어졌다.

"폐하를 뵈옵니다."

그 수가 총 다섯이었는데, 그 모습이 마치 복사를 해놓은 듯 판박이들이었다. 그 다섯은 마치 한 명처럼 미세한 움직임의 차이도 없이 응룡에게 네 번의 절을 올렸다.

"무슨 일이냐?"

"삼 노(老)가 죽임을 당했사옵니다."

다섯 중 하나가 앞으로 걸어 나와 보고를 올렸다.

"상왕 노릇 하는 그 늙은이들?"

응룡은 시가를 한 모금 입에 담아 돌리고는 후— 내뿜으며 하나이자 아홉이며, 아홉이자 하나인 구영(九嬰)[1]을 바라보았다.

"예."

"어떻게 죽었나?"

귀찮음이 팍팍 묻어나는 목소리.

그래도 밑에 있던 놈들이라고, 물론 발끝의 때만큼도 여기지 않지만 체면에 물어보는 시늉이라도 했다.

그에 구영이 있는 그대로 보고했다.

"음?"

응룡은 묘하게 흥미가 돋았는지 시가를 재떨이에 놓으며 몸을 일으켰다.

"그 셋이면 짐도 제법 고생을 할 터인데, 그런 셋을 단숨에 죽였다?"

"그렇습니다, 폐하."

구영은 목각인형처럼 별다른 감정 없이 대답했다.

"누군지는 모르고?"

"……."

대답이 없다.

하긴 알고 있는 이라면 구영이 보고를 하면서 함께 입을 담았을 터.

"행적은?"

"상해까지는 확인했지만 이후는 확인되지 않고 있습니다."

"쯧."

응룡은 나직히 혀를 찼다.

그럼에도 구영은 별다른 표정의 변화를 보이지 않았다.

"그나저나 어떠하냐?"

"……?"

"너와 비교했을 때 말이니라."

"인간이라면 저보다 한 수나 반 수가량 아래. 만약 신족이라면 저와 동수이거나 반 수가량 아래로 판단됩니다."

"그 정도더냐?"

응룡이 눈을 살짝 크게 뜨며 물었다.

"그렇사옵니다."

"그 정도란 말이지."

응룡은 손으로 턱을 쓰다듬었다.

그때 응룡 앞에 앉아 있는 구영의 눈매가 가늘어졌다.

"마카오에 모습을 드러냈다 합니다."

"마카오?"

"마카오면……."

신룡의 땅.

"마카오라. 후후."

응룡의 입가에 비릿한 미소가 지어졌다.

"마카오에 누가 있지?"

"팔두가 있습니다."

구영의 아홉 머리 중 여덟 번째 머리.

"신에게 짐의 말을 전하라."

"흐음."

반쯤 헐벗은 사내가 나른한 얼굴로 골드바로 켜켜이 쌓아 만든 침상에 누워 있었다.

"신룡을 뵈옵니다."

구영의 팔두가 메마른 표정으로 허리를 숙였다.

"너는 몇 번째 개새끼더냐?"

"팔두입니다."

"팔구(八狗)?"

신룡이 대놓고 그를 조롱했지만 구영의 팔두는 가면을 쓴 것처럼 무반응이었다.

"흥!"

신룡은 그런 팔두를 보며 코웃음을 쳤다.

"그래, 우리 잘나신 대형께서……."

"황제 폐하이십니다."

팔두의 고저 없는 목소리가 신룡의 말을 잘랐다.

퉁!

신룡은 그 자리에서 몸을 띄워 팔두의 가슴을 발로 차 밟았다.

"끄으—."

팔두의 입에서 신음이 흘러나왔지만, 표정은 여전히 변화가 없었다.

"왜, 황룡 폐하라 그러지."

《그리 전하오리까?》

신룡 옆에 흐릿한 잔상이 피어오르며 또 다른 구영이 모습을 드러냈다.

"너는 몇 번째 개새끼지?"

"일두입니다."

"그래, 일구."

신룡이 일두를 바라보며 팔두의 가슴을 더욱 세게 찍어눌렀다.

《그리 전하오리까?》

구영의 일두는 앞선 말을 되풀이했다.

"흥!"

그에 신룡이 콧방귀를 뀌며 팔두의 가슴에 올려진 발을 거뒀다.

스으으—

그에 구영의 일두의 모습이 다시 신기루처럼 사라지고, 팔두가 목석처럼 다시 몸을 일으켰다.

"전할 말만 하고 얼른 꺼져라."

신룡은 짜증 난 목소리로 말했다.

*　　　*　　　*

마카오.

어느 5성급 호텔, 스위트 룸.

"그럼 새벽에 뵙겠습니다."

호야우카무이가 허리를 숙인 후, 초도의 길을 통해 되돌아갔다.

홀로 남은 밤.

박현은 조용히 생각에 잠겼다.

"흠."

상념에 흘러나온 침음성이 제법 무겁기 그지없었다.

'이상해.'

아무리 생각해도 이상하기 그지없었다.

아버지의 복수.

길고 길었던 그 복수의 시간이 눈앞으로 다가오고 있었다.

그럼에도 형제인 용생구자의 움직임은 없었다.

아니 없는 정도가 아니라 침묵에 가까웠다.

'초도 형님도 그러하고.'

초도의 길을 열어주는 와중에도 단 한 번도 얼굴을 내비치지 않았다.

『그저 용으로 살거라. 그리고 네 속에 잠든 피는
잊거라.』

해태가 남긴 유언.

용으로 살라.

자꾸 그 말이 떠오른다.

동시에 아홉 개 그림자 뒤, 정체를 알 수 없는 하나의 그림자.

'내 속에 잠든 피.'

박현은 자신의 손바닥을 내려다보았다.

'그 피 때문인가?'

자신도 알지 못하는 피.

내 안에 잠든 피가 무엇이기에.

'혹여?'

『용생구자도, 중국의 오룡도, 일본의 뇌와 풍도
가만있지 않음이야. 그러니 용으로 살아가거라.』

용생구자들이 나의 어머니의 피를 알게 된 것일까?

아니면 어떤 단서를 찾아 파악하고 있는 것 때문일까?

'어머니의 피가 무엇이기에. 나의 숨겨진 그림자가 무엇이기에.'

앞으로 그들은 이제 나를 형제로 대할 것인가?

아니면 나를 죽이려 할까?

'답답하군.'

숨겨진 진실이 무엇이기에.

형제도 믿을 수 없게 만들까.

박현은 이내 상념을 털어냈다.

해태가 용으로 살라 하셨으니.

'용으로 산다.'

그렇기에 아버지의 복수가 먼저다.

그 후의 일은 그 후에.

'부디 형제로 남기를.'

박현은 소파에 몸을 기대며 눈을 감았다.

*용어

　1) 구영(九嬰): 머리 아홉을 가진 요괴이다. 홍수라
불리는 강에 살며, 불을 내뿜어 화재를 일으키거나 물
을 내뿜어 홍수를 일으킨다 한다.

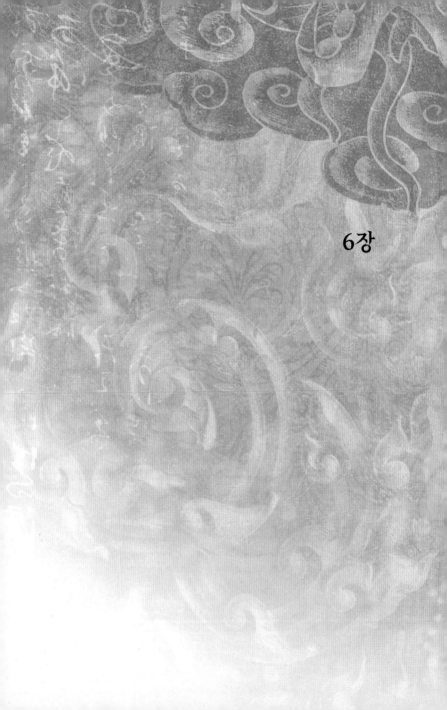

6장

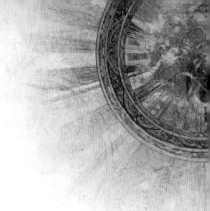

용생구자.

아홉의 형제들이 모였다.

그들 중앙에 한 장의 서류철이 놓여 있었다.

붉은 띠, 흰머리독수리 심벌.

미국의 신, 피닉스가 보내온 시크릿 파일이었다.

*　　*　　*

박현이 조용히 눈을 떴다.

몸이 한순간 저릿할 정도로 살기가 몸을 훅 찌르고 들어왔기 때문이었다.

"……!"

그 살기에 박현이 창문 밖을 쳐다보니 반쯤 헐벗은 한 사내가 허공에 뜬 채 자신을 바라보고 있었다.

박현은 소파에서 일어나 창문 앞으로 걸어가 그와 눈을 마주했다.

"누구냐?"

박현과 마주 선 이는 마카오의 지배자, 신룡이었다.

자자작— 자작!

유리창이 금이 가더니 파삭 깨져 내렸다.

유리 조각이 바닥에 투둑 떨어지자, 세상이 빙그르르 돌았다.

어지럽게 돌던 시야가 제 자리를 찾았을 때, 눈에 들어온 풍경은 낯설었다.

옛 고궁의 대전 안.

고풍스러운 풍광은 눈에 들어오지도 않았다.

그 이유는 금(金), 금, 그리고 금.

기둥도 금이요, 천장도 금이다.

하물며 바닥도 금이요. 그 사이에 새겨진 문양은 오색찬란한 보석이었다.

천장에 그려진 오색의 용 또한 보석으로 그려져 있었다.

조르르르르—

그런 박현의 귀를 간질인 건 새가 지저귀는 것처럼 흐르는 물소리였다.

귀를 간질인 소리에 이어 다른 것이 그의 코끝을 간질였다.

진하지만 부드러운 주향(酒香).

술 냄새였다.

고개를 돌려보니 자그만 인공 폭포가 보였다.

'술이 흐르는 폭포라.'

폭포 좌우로는 반라의 여인 몇이 박현을 지그시 바라보며 매혹적인 미소를 보내고 있었다.

그리고 손짓으로 불렀다.

술 폭포만이 아니었다.

폭포 아래에는 상다리가 휘어지지 않는 게 다행이라 느껴질 만큼 온갖 요리들이 겹겹이 쌓여 있었다. 그리고 술상마저 금이었다.

부귀에 주지육림, 그리고 눈이 번쩍 떠질 여인들까지.

세상의 모든 욕망이 이곳에 있었다.

"이리 와서 한 잔 받아."

그리고 술상 앞에 신룡이 앉아 있었다.

박현은 그의 앞으로 성큼성큼 걸어가 앉았다.

쪼르르.

자리에 앉자 여인이 붙어 앉으며 잔에 술잔을 채웠다.

"일단 마시면서 이야기하자고."

박현은 맑은 백주를 들었다.

찰나지만 백주를 바라보는 박현의 눈동자에 황금빛 신력이 스며들었다.

'훗.'

웃음도 나오지 않았다.

황금빛 술잔은 거무튀튀한 검게 녹슨 잔이었고, 그 안에 담긴 투명한 백주는 검은 구정물이었다.

아니, 시큼한 냄새가 나는 걸 보면 독이 담겨 있는 게 분명했다.

그뿐만이 아니었다.

앞에 깔린 음식은 구더기가 들끓을 정도로 썩어 있었다.

'하?'

물론 다 그런 건 아니었다.

신룡 앞에 놓인 상은 진짜 금이요, 그 위에 놓인 음식은 윤기가 흐르는 진미들이었다.

그리고 금잔에 채워진 백주는 향긋했다.

'신룡의 힘이 신기루라 했던가?'

환상.

"어여 드시와요."

박현이 술을 마시지 않자 옆에 앉아 있던 여인이 색기를
드러내며 술잔을 들었다.

박현은 그런 여인을 보며 히죽 웃었다.

"왜 그리 보십니까?"

여인은 의도적으로 양 팔로 가슴을 모으는 동시에 어깨
를 살짝 털어 옷을 흘려내렸다.

누가 보아도 음심이 돌 만한 모습이었지만, 박현은 눈살
을 찌푸렸다.

왜냐하면 여인 또한 신기루.

그러니까 환영.

여인의 진짜 모습은 반쯤 썩은 시체였다.

박현은 손을 뻗어 여인의 뺨을 쓰다듬었다.

"아잉."

여인은 부끄럽다는 듯 몸을 비틀어 옷을 좀 더 밑으로 흘
려내렸다.

박현의 손이 뺨을 스치며 목으로 내려갔다.

"하하하하하!"

그 모습에 신룡의 웃음이 터져 나왔다.

"사내는 사내로군."

"그리 보이는가?"

박현은 신룡을 쳐다보며 여인의 목을 쓰다듬었다.

"하지만 본인은 눈이 높다네."

콰직!

부드럽던 손길이 한순간 바뀌었다.

박현은 여인의 목을 그대로 움켜잡더니 부러트렸다.

"이게 무슨 짓인가?"

"그럼 이건 또 무슨 짓이지?"

박현은 술잔을 들어 잔을 상 위로 부어버렸다.

술이 상 위로 뿌려지며 향긋한 주향이 느껴졌다.

정확히는 독이 상을 녹이며 비릿한 독향이 피어난 것이
었다.

그 모습에 신룡의 표정이 굳어졌다.

"누구냐?"

"그건 본인의 물음이었는데."

박현이 이죽이자.

"죽엇!"

"죽어랏!"

술상 주변에 앉아 있던 십여 명의 여인, 정확히는 반은 시신이자 귀신이며, 요괴들이 박현을 덮쳐갔다.

*   *   *

"이것 때문이었소?"

포뢰가 어금니를 꽉 깨물며 물었다.

"그래."

비희가 무거운 목소리로 고개를 끄덕였다.

"이걸 믿자는 소리예요? 큰 오라버니?"

애자가 날이 선 목소리로 물었다.

"그놈들이 어떤 놈들인데."

"안다."

비희가 애자를 보며 말했다.

"하지만 의심스러운 부분이 많아."

비희.

"큰 오라버니!"

애자가 탁자를 양 손으로 내려치며 소리를 버럭 질렀다.

"큰 형님 말씀 다 듣고 소리쳐."

이문.

"둘째 오라버니도 그래요. 큰 오라버니가 저렇게 흔들리
면 옆에서⋯⋯."

"애자야!"

이문이 애자를 향해 호통을 쳤다.

"다 듣고 이야기해. 다 듣고."

그에 애자는 몸을 부들부들 떨다가 자리에 털썩 앉았다.

그리고 무슨 이야기를 할 건지 똑똑히 듣겠다며 팔짱을 끼고 비희와 이문을 노려보았다.

"일단, 막내이자 적자. 과연 그 아이가 적통이냐는 문제야."

"아버지의 힘을 고스란히 받았잖아요."

"받았지. 하지만 받은 것인지 빼앗은 것인지."

"그게 무슨 소리예요?"

애자가 날카롭게 물었다.

"일단 평범한 용의 모습이 아니야. 용은 용이지만 아홉이 아니야."

박현의 아홉 모습.

그리고 더해져서 하나인 용.

"그건 아버지가 특별해서."

"그건 아닐 듯싶군."

그대 낯선 목소리가 끼어들었다.

"누구지?"

애자가 날 선 목소리로 물었다.

"문무라 하네."

용왕 문무가 모습을 드러냈다.

"그 아이, 용이 아니야."

"그럼 뭐지?"

애자가 적개심 가득한 목소리로 물었다.

"내 진룡(眞龍)은 아니지만, 현룡(現龍)이기에 알 수 있는 것이 있소. 그대들은 알 수 없는."

"그래서?"

"나도 알지 못하지만, 확실한 건 그 아이는 용이 아니라는 것. 어쩌면 용의 껍질을 쓰고 있는 다른 무엇일지 모른다는 거. 그건 내 이름을 걸고 말할 수 있소."

"오라버니들! 동생들아!"

애자는 무슨 말도 안 되는 소리를 하는 거냐는 듯 문무를 노려본 후, 비희와 이문을 제외한 다른 이들을 쳐다보았다.

"이제 그 답을 들어보도록 하지."

"무, 무슨 소리를."

비희는 애자의 말을 흘리며 도철을 쳐다보았다.

"에리카."

도철은 자신의 연인이자, 집시 마녀인 에리카 베크만을 불렀다.

"이제 나서도 되는 거야?"

공간이 일그러지며 흑발의 앳된 여인이 모습을 드러냈다.

쿵!

그녀는 허공에서 커다란 관짝 하나를 쭉 뽑아냈다.

"뭐, 뭐야?"

애자의 물음에.

"짜잔!"

집시 마녀 에리카는 해맑게 양손을 벌리며 관 뚜껑을 열었다.

관 안에는 늙은 노파가 잠들어 있었다.

그 노파는 바로 유럽으로 모습을 감췄던.

박현의 할머니이자 출생 비밀을 알고 있는 안순자였다.

*   *   *

쾅!

박현이 가볍게 발을 굴렸다.

쩌저적— 쩌적!

그 주변이 금이 가기 시작했다.

파장창창창!

주변의 풍경이 서로 어긋나더니 결국 유리창이 깨지듯 세상이 부서져 내렸다.

신기루가 만들어낸 환영이 깨지고 드러난 실상.

그곳은 극락이 아니라 지옥이었다.

"어, 어떻게."

신룡은 자신의 환영이 깨어진 것이 충격이었는지 박현을 향해 눈을 부릅떴다.

"내 아버지를 죽인 그대."

구르르르르르–

박현의 몸 주변에서 어마어마한 기운이 뿜어져나왔다.

『죽음으로 용서를 구하라!』

인간의 육신이 깨지며 묵빛을 머금은 거대한 용이 모습을 드러냈다.

"너, 너는……."

크하아아아아아앙!

흑룡의 울음과.

쿠오오오오—

살기를 담은 짙은 흑무가 터지듯 박현의 몸에서 뿜어져나왔다.

*　　　*　　　*

백두산.

천지.

그곳에 제단 하나가 단출하게 꾸려져 있었다.

제단 위에는 검은 원이 그려진 새하얀 벽지가 걸려 있었다.

분명 무속도가 분명한데 신이 아닌 그저 검은 원 하나라니 참으로 이해하지 못할 장면이었다.

그런 제단 아래, 흑백의 무녀 옷을 입은 한설린이 연신 손을 비비며 기도를 올리고 있었다.

몇 날 며칠, 쉬지 않고 기도를 올린 것일까.

얼굴은 창백하기 그지없었고, 메마른 입술은 쩍쩍 갈라져 있었으며, 무녀 옷은 땀에 흠뻑 절어 있었다.

"비나이다, 비나이……."

뒤에서 그녀를 바라지하며 제기를 닦던 신비선녀의 움직임이 뚝 멈췄다.

그리고 눈동자가 파르르 떨렸다.

『날세.』

공간을 넘은 목소리가 그녀의 머릿속에 울렸다.

땡그랑랑랑—

신비선녀의 손에 들려 있던 목기가 바닥으로 떨어졌다.

                    *   *   *

어두컴컴한 암흑.

마치 세상과 분리가 된 듯 빛도 없고 소리도 없다.

'도철.'

용생구자의 다섯째이자, 유럽에 자리 잡은 자.

'에리카.'

도철의 연인이자 집시 마녀.

도철은 에리카의 도움을 받아 유럽 전역 집시 마녀 커뮤니티를 이용해 헝가리에 숨어 있던 안순자를 찾아냈다.

'안일했어.'

헝가리의 이면의 도움을 받아 숨어 있던 그녀는 자칫 한순간의 방심으로 그만 행적이 노출이 되었고, 도철은 그 순간을 놓치지 않았다.

필사적으로 도망을 쳤지만, 용생구자의 힘을 이길 수는 없는 법.

사로잡힌 안순자는 반항할 사이도 없이 집시 마녀의 타로 마법에 당해 세상과 단절되고 말았다.

그렇게 그녀는 세상과 단절된 채 오랜 시간 깊은 생각에 잠겼다.

'왜 도철이 집시 마녀들을 동원해서 자신을 찾은 것일까?'

이유는 하나였다.

손자, 박현의 정체를 의심하기 시작했다는 뜻일 터.

'이미 알아차린 것일까?'

아니면.

'알아내기 위함인가.'

어느 것이든 용생구자는 박현에 대해 의심의 눈초리를 가지게 되었다는 것이다.

안순자는 습관처럼 하늘을 올려다보듯 시선을 위로 올렸다.

그래 봐야 보이는 건 없었지만, 안순자는 한참이나 그렇게 멍하니 위를 올려보며 마음을 다잡았다.

'부디 그 아이가, 그분이. 무사히 껍질을 벗도록 도와주시옵소서.'

상념과 고심 끝에 마음의 결심을 굳혔다.

그녀는 신기를 끌어올려 자신의 마음을 담았다.

그리고 시간이 흐르고 또 흐른 뒤 단절된 세상이 다시 이어졌다.

속박 마법이 풀린 것이었다.

안순자는 재빨리 소매 속에서 부적을 태워 상념을 날려보냈다.

『날세.』

그 상념은 공간을 넘어 신비선녀에게로 옮겨갔다.

*   *   *

파장창창창—

신기루가 깨졌다.

박현은 신룡 아래로 드넓게 펼쳐진 그만의 보금자리이자
은거지인 레어를 한눈에 담았다.

마치 검은 먹지에 멋대로 금빛 물감을 칠한 것처럼 그의
레어는 매우 독특했다.

당연히 검은 먹지는 지옥 혹은 무저갱을 떠올릴 만큼, 빛
한 점 들어오지 않아 생기라고는 하나도 느낄 수 없는 곳이
었다.

비단 생기만 없는 것이 아니었다.

죽음의 땅, 말 그대로 죽음의 땅이었다.

흐르는 냇물은 썩은 물이었고, 부서진 바닥에 피어난 잡
초들은 죽음의 기운을 버텨내지 못하고 바싹 메말라 죽어
있었다.

반면 금빛 물감처럼 보이는 곳은 사막의 오아시스처럼

생기를 한껏 머금은 곳이었다.

물론 생기의 원천은 금은보석이었다.

금으로 된 바닥, 보석으로 만들어진 바위와 그 주변을 흘러가는 술이 가득한 냇물, 그리고 화사하게 핀 꽃과 싱그러운 풀 형상의 다과들.

꿀과 젖이 흐르는 천국이 있다면 바로 이 모습이 아닐까 싶다.

그렇게 교묘하게 교차된 천국과 지옥 위에 신룡이 환상을 얹어 욕망의 낙원의 신기루를 만들어 냈다.

『훗.』

그 넓은 레어에서 빛이자 생(生)이며 금(金)은 오로지 신룡에게만 허락된 장소였다.

어둠이며 죽음의 땅은 초대받지 않은 자들의 땅이었다.

아니나 다를까 검게 물든 땅에는 죽은 시신들과 풍화되어 버린 백구들이 군데군데 너부러져 있었다.

『고약한 취미로군.』

박현은 자신의 발아래 죽음의 땅과 신룡 아래 생기 가득한 땅을 비교하며 같잖은 웃음을 머금었다.

"어찌⋯⋯."

신룡은 자신과 달리 진정한 용의 모습을 보자 당황한 듯 목소리가 흔들렸다.

"크하아아아앙!"

박현은 신룡을 내려다보며 울음을 터트렸다.

그 울음은 신룡의 껍질을 찢어발겼다.

인간의 육신이 강제로 찢어지며 신룡은 강제로 진신을 드러내야 했다.

신룡이 제 육신을 되찾기도 전에.

콰앙!

흑룡의 박현은 앞발로 그의 자그만 몸통을 으깰 듯 움켜잡은 뒤 바닥에 찍어눌렀다.

『이제야, 마주하게 되는군.』

"누, 누구, 아니 왜? 어찌⋯⋯."

신룡은 두려움에 횡설수설했다.

그러는 와중에도 신룡은 제 모습을 찾아가기 위해 몸집을 키워 갔지만, 박현은 그보다 더 강하게 그의 몸을 움켜쥐고 있었다.

그러자 신룡의 몸은 찌부러진 풍선처럼 기묘하게 뒤틀렸다.

『내 아버지의 복수.』

"화, 황룡? 분명 황룡의 이무기는⋯⋯."

신룡은 몸이 뒤틀리자 고통스러운 듯 얼굴이 일그러졌다.

『황룡? 우습군.』

마치 먹물이 빠지듯 박현은 흑룡의 모습에서 백룡으로
바뀌었다.

"헙!"

신룡은 박현의 색이 바뀌자 헛바람을 들이마셨다.

경악은 곧 공포로 바뀌었다.

색의 변화는 곧, 속성이 고정이 아니라는 뜻.

그 말은 순수한 무(無).

태초의 색.

"마, 말도 안 돼……."

신룡의 눈에 경악과 공포가 떠올랐다.

『죽음으로 죗값을 치루라.』

*   *   *

화르르륵!

안순자의 손에서 갑자기 불길이 피어났다.

푸른 불꽃.

그 푸른 불꽃은 한 마리 뱀처럼 구불구불 기어 기묘한 문
양을 만들어냈다.

"안 돼!"

그걸 본 집시 마녀 에리카 베크만이 양손을 휘젓자.

좌라라라락!

타로 카드가 허공으로 튀어나왔다.

마녀 에리카의 손이 뒤집어지자 타로 카드 중 한 무리가 툭 당겨졌다.

마이너 카드 군 중 스워드(sword) 카드들이었다.

"핫!"

마녀 에리카는 스워드 카드들 중 10번째 카드, '열 개의 검[1]' 카드를 뽑아 안순자를 향해 날렸다.

쏴아아악!

카드 안에 그려진 열 자루의 검이 튀어나와 안순자가 만들어낸 부적의 문양을 베어갔다.

열 자루의 검이 부적의 문양을 베기 직전.

펑!

할 일을 마친 부적의 문양이 터지듯 사그라졌다.

그런데 하나가 아닌, 미묘하게 갈라진 둘이었다.

"젠장!"

동시에 마녀 에리카 노성을 터트렸다.

*   *   *

화아아아악!

아지랑이가 피듯 공간이 꿈틀거렸다.

거기에 물감이 덧칠해지듯 풍경이 빠르게 바뀌기 시작했다.

신룡의 힘, 신기루.

신기루가 눈을 덮자 박현의 몸이 움찔거렸다.

신룡은 그 틈을 타 박현의 손에서 벗어나기 위해 몸을 비틀었다.

하지만.

순간 백룡의 모습을 하고 있던 박현의 몸이 급격히 흑룡으로 바뀌었다.

그리고 무시무시한 살기가 터져 나왔다.

"꺼억!"

그 살기에 짓눌린 신룡은 박현의 발에서 벗어날 생각을 할 수 없을 정도로 몸을 웅크리며 바들바들 떨었다.

그만큼 박현이 내뿜는 살기는 어마어마했다.

그도 그럴 것이.

신룡이 박현의 눈에 씌운 신기루는, 자신의 모습을 가장 소중한 이로 착각하게 만드는 것이었다.

그것도 고통스럽게 신음하는 모습으로 보이게끔.

누구라도 그 모습을 보면 주춤거릴 것이고, 신룡은 그 틈을 타 벗어나려 했던 것이었다.

문제는 박현은 그런 환영을 꿰뚫어 볼 수 있는 진실의 눈, 용안(龍眼)을 가지고 있다는 것이었다.

하지만.

문제는 신룡이 보여준 환영이었다.

한순간이지만 박현은 자신의 발아래 신음하는 해태를 보았다.

그에 박현은 걷잡을 수 없는 분노가 치솟았다.

『네가 감히!』

박현은 다른 발로 신룡의 머리를 움켜잡았다.

『본인을 능멸해!』

박현은 신룡의 머리를 들어 그대로 바닥에 찍었다.

쾅!

한 번이 아니었다.

쾅! 쾅! 쾅! 쾅! 쾅! 쾅!

박현은 신룡의 머리가 으깨질 때까지 그의 머리를 바닥에 찍고 또 찍었다.

신룡이 발버둥을 칠 사이도 없이 그의 몸을 바닥에 축 늘어졌다.

"스흑— 스흑!"

신룡은 용도 아니요, 인간도 아니요, 이무기도 아닌 상태로 겨우 숨만 힘겹게 내쉬고 있었다.

그리고 마지막으로 그의 숨을 끊기 위해 박현이 대합의
칼날을 꺼내들었을 때였다.

『현아.』

안순자의 목소리가 박현의 머릿속을 울렸다.

『먹어라! 용을 먹어라!』

*용어

1) 열 개의 검: 타로카드, 마이너 카드 중, 스워드 카드의 열 번 째 카드로 좌절, 죽음, 실패 등을 뜻한다.

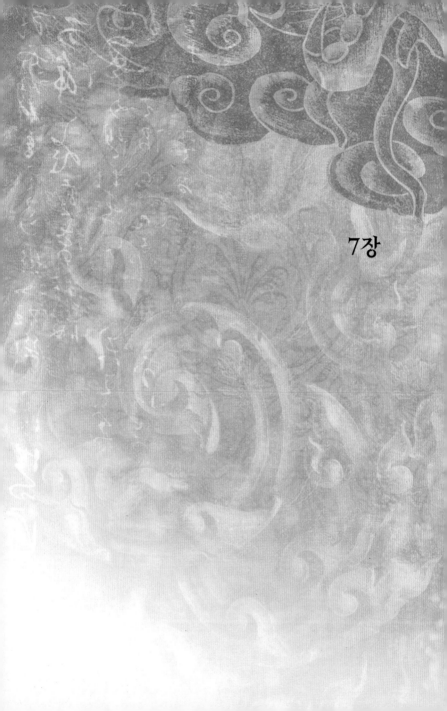

7장

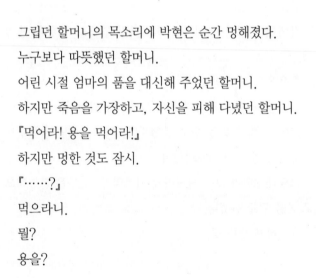

그립던 할머니의 목소리에 박현은 순간 멍해졌다.

누구보다 따뜻했던 할머니.

어린 시절 엄마의 품을 대신해 주었던 할머니.

하지만 죽음을 가장하고, 자신을 피해 다녔던 할머니.

『먹어라! 용을 먹어라!』

하지만 멍한 것도 잠시.

『……?』

먹으라니.

뭘?

용을?

『너는 포식자다. 너는 지상 최강의 신(神)이다. 용마저 먹이로 삼는, 최악의 포식자이자, 신들 위에 군림하는…….』

뒤로 말이 더 이어지는 것 같았지만, 마치 갑작스럽게 통신이 끊기듯 말이 툭 끊겼다.

"끄으, 끄아악!"

순간 박현의 발 아귀의 힘이 빠진 틈을 타, 신룡이 허겁지겁 도망치기 시작했다.

후우우욱— 쾅!

그런 신룡 앞에 거대한 무형의 장벽이 내려꽂혔다.

쿵!

장벽에 가로막힌 신룡이 허겁지겁 옆으로 방향을 틀었다.

후우우욱— 콰앙!

하지만 또 다른 장막이 그의 앞을 가로막았다.

그에 신룡이 몸을 뒤로 틀었지만, 역시나 3번째 무형의 장막이 그를 다시 가로막았다.

그렇게 3면이 그를 완벽하게 가로막자, 신룡은 본능적으로 몸을 뒤로 틀었다.

유일하게 뚫린 곳.

"……!"

하지만 신룡은 몸이 굳은 채 움직일 수 없었다.

왜냐하면 그곳에 박현이 있었기 때문이었다.

"크르르르르."

신룡을 내려다본 박현은 낮게 울음을 내뱉으며 눈살을 찌푸렸다.

그건 바로 인간도 아니요, 그렇다고 용도 아닌, 변이를 채 마치지 못해 그 모습이 매우 흉측했기 때문이었다.

"이익!"

아무리 공포에 질렸어도, 신룡은 신룡이었다.

'어쩌면.'

자신도 용이었다.

비록 진룡(眞龍)은 아니어도, 용은 용이었다.

또한 자신이 이제껏 보여준 신기루는 진정한 신기루가 아니었다.

진신이 만들어내는 신기루는 허상을 실상으로 만들 만큼 강력했다.

그렇기에.

그렇기에, 어쩌면.

'살 수 있을지도 몰라.'

신룡은 진신의 육신을 깨웠다.

"크르르르르!"

신룡은 거친 울음을 토해내고는 인간의 육신을 완전히 태우며 숨겨진 거대한 몸을 드러냈다.

사슴의 뿔처럼 몇 갈래 갈라진 뿔과 그 뒤로 길게 이어진 붉은 갈기.

짙은 흙색의 비늘.

'용은 용이란 건가?'

부족하지만 그래도 용의 모습을 가지고 있었다.

"크르르르르르!"

빠르게 진신을 드러낸 신룡이 울음을 내뱉자 입에서 반투명한 기운이 흘러나왔다.

그 기운은 빠르게 사방을 잡아먹으며 새로운 환영을 만들어내기 시작했다.

'흠.'

그 환영에 박현의 눈동자가 살짝 커졌다.

마치 눈꺼풀에 잔상이 겹쳐지듯 현실이 지워지며 환영이 그 자리를 차지하기 시작했기 때문이었다.

과연 용은 용이었다.

그 피가 비록 적통은 아니어도.

박현은 눈을 감았다가 눈에 기운을 담아 떴다.

그러자 겹쳐진 환영이 지워지며 실상이 다시 보이기 시

작했다.

하지만 뿌연 유리창을 마주한 듯 선명하게 보이지는 않았다.

그러나 허상 속에 숨어든 신룡의 진신을 마주하기에 부족함은 없었다.

그리고 일말의 틈도 주지 않을 생각이었다.

신룡이 진신을 드러내기까지 기다려 준 이유는 단 하나.

할머니가 보내온 전령, 그 하나 때문이었다.

쏴아아아아—

흑무가 마치 여러 개의 촉수처럼 뻗어 나가 신룡의 몸을 칭칭 에워 감쌌다.

"캬하아아아악!"

한순간 온몸을 단단히 쥔 흑무에서 벗어나기 위해 신룡이 몸부림치기 시작했다.

"컥! 컥!"

박현은 미간을 찌푸리며 흑무 한 가닥을 더 뻗어 그의 목을 틀어쥐었다.

그리고 박현은 천천히 신룡 앞으로 날아갔다.

'음?'

고통에 신음하는 신룡 앞에 서자, 문득 한 가지 생각이 떠올랐다.

박현은 신룡을 빠히 쳐다보았다.

여전히 발버둥 치며 신기루, 환상의 기운을 마구 뿜어대던 신룡은 박현과 눈이 마주치자 석상처럼 몸이 굳어졌다.

신룡이라면 알 것이다.

누가?

어느 신이.

자신들을 먹이로 삼는지.

용 위에 서 있는 포식자가 누구인지.

『먹어라! 용을 먹어라!』

할머니가 보내온 단초.

그 실마리를 풀어낼 자가, 바로 눈앞에 있었다.

박현은 손을 뻗어 신룡의 목을 움켜잡았다.

"꺼어억!"

신룡은 두려움에 신음을 흘려냈다.

박현은 그런 신룡을 얼굴 가까이 잡아당겼다.

『신.』

박현은 기운을 눈에 담아 안광을 터트리며 신룡을 불렀다.

『너를, 너희를 먹잇감으로 삼는 신(神).』

겁에 질려 눈을 피하던 신룡은 박현의 말에 눈을 부릅떴다.

신룡은 눈을 파르르 떨면서도 무언가에 이끌리는 듯 고개를 들어 박현을 쳐다보았다.

'저 눈빛…… 서, 설마……. 아니야! 그럴 수는…….'

황금빛 눈동자, 정확히는 황금빛 눈동자가 내뿜는 기운에 신룡은 벼락이라도 맞은 것처럼 몸을 파르르 떨었다.

『그 신은 누구지?』

*   *   *

"하아—."

비희는 눈앞에 축 늘어진 안순자의 시신을 내려다보며 한숨을 내쉬었다.

그들이 무엇을 할 시간적 여유도 없이, 안순자가 스스로 목숨을 끊어버린 것이었다.

"오빠!"

그러자 애자가 소리를 질렀다.

"이제, 이제 어떻게 할 거야?"

누구도 애자의 말에 대답하지 못했다.

그렇게 무거우면서 찜찜한 감정이 짙게 가라앉았을 때였다.

"무얼 감추고 있었던 게냐?"

용왕 문무가 입술을 지그시 깨물며 중얼거렸다.

그때였다.

에리카가 안순자 시신 위에 타로 카드 덱(deck)을 던졌다.

"무슨 짓……."

애자가 신경질적으로 에리카를 막아서려 했지만, 도철이 재빨리 그녀를 막아섰다.

"지켜봐."

"뭘?"

"일단 지켜봐."

도철은 자신의 연인인 집시 마녀 에리카를 쳐다보았다.

촤라라라락!

타로 카드가 부채처럼 펼쳐지며 안순자의 몸 위에 쏟아져 내렸다.

두웅—

하지만 단 한 장.

한 장의 카드만은 바닥으로 떨어지지 않고 허공에 둥둥 떠 있었다.

에리카가 손을 뻗자 그 카드가 날아왔다.

그녀의 손에 들린 카드는 죽음, 메이져 카드의 13번째 카드인 'Death[1]' 카드였다.

"흥!"

그 카드를 본 애자가 코웃음을 쳤다.

"죽음을 그리 확인하고 싶었나 봐?"

하지만 도철의 표정이 확 바뀌었다.

비단 도철만이 아니었다.

그 카드를 쥔 에리카 역시 얼굴을 굳히며 재빨리 기운을 흩뿌려진 타로 카드에 날렸다.

퉁– 퉁—

그러자 두 장이 튀어 올랐다.

두 장의 카드는 죽음 카드를 중앙에 두고 좌우로 나란히 섰다.

왼쪽에 자리한 카드는 수레바퀴 그림이 그려져 있었다.

"운명의 수레바퀴(Wheel of fortune)[2]."

에리카는 재빨리 죽음 카드의 오른쪽에 자리한 카드를 쳐다보았다.

그곳에는 짐보따리를 어깨에 멘 천진난만한 청년이 그려져 있었다.

"바보(The fool[3])."

에리카는 고개를 돌려 도철을 쳐다보았다.

"허니."

"……."

"죽지 않았어."

"……?"

"죽은 건 육신뿐이야."

"무, 무슨 소리야?"

애자가 물었다.

"그녀의 혼은 살아 있어요."

에리카가 애자를 보며 말했다.

*　　　*　　　*

외부인이 차단된 입원실.

연명 장치로 겨우 숨만 붙여놓은 앳된 여인이 죽은 듯 잠들어 있었다.

그런 여인이 조용히 눈을 떴다.

드르르륵—

그때 입원실 문이 열리고.

"오셨는가?"

여인은 몸을 일으키며 고개를 돌렸다.

문 앞에는 신비 선녀가 서 있었다.

*   *   *

콰직.

박현은 찢겨 발린 신룡의 시신 위에서, 무지개를 담은 듯 천연색이 감도는 신룡의 내단을 깨물어 삼켰다.

"......!"

피와 살, 그리고 내단.

그걸 취한 순간 박현의 눈이 강제로 부릅떠졌다.

"크르르르."

박현의 목이 우드득 꺾이며 머리가 위로 바짝 치켜세워졌다.

"크하아아악!"

이어 몸이 부들부들 떨더니 울음을 터트렸다.

핏―.

몸을 휘감은 고통 끝에 암전이 된 듯 세상의 빛이 사라졌다.

잠시 후, 드리운 빛 한 점.

그 빛 아래 거울이 하나 있었고, 그 앞에 늘어선 또 다른 자신의 모습이 보였다.

내면.

이곳은 박현의 내면이었다.

박현은 익숙하게 거울 앞에 서 있는 아홉의 또 다른 본인과 열 번째 그림자를 쳐다보았다.

'음?'

뭔가 이상했다.

'......!'

없었다.

열이 아니었다.

수를 세니 아홉.

'없다. 하나가 없다.'

가장 뒤에서 서 있는 건 모습을 드러내지 않은 열 번째 그림자.

그런데 그 그림자 앞에는 아홉이 아닌 여덟이었다.

박현은 빠르게 여덟의 또 다른 본인들을 확인했다.

토끼.

토끼가 없었다.

'왜? 설마!'

자신이 신룡을 잡아먹어서인가?

하여 자신이 자신을 잡아먹은 것인가?

박현은 재빨리 거울 앞으로 다가갔다.

그리고 거울 너머 비친 흑색의 자신을 쳐다보았다.

역시나, 백의 토끼가 없어진 것처럼 흑의 토끼도 없었다.

'헉!'

그때 거울 속 그림자가 앞으로 튀어와 자신을 향해 주먹을 휘둘러왔다.

쩡!

그 주먹이 거울이 크게 울며 굵은 금이 갔다.

척!

그때 백색의 그림자가 다가와 박현을 옆으로 밀었다.

그리고 거울을 향해 주먹을 날렸다.

쩌정—

반대편과 같은 굵은 금이 그어졌다.

그리고는 백색의 그림자는 고개를 돌려 자신을 빤히 쳐다보았다. 또한 거울 건너편 검은 그림자 역시 자신을 주시하고 있었다.

*　　*　　*

"북천 가주 맞으십니까?"

신비선녀의 물음에 앳된 여인이 고개를 끄덕였다.

"내 아직 몸이 낯설어 편치 않으니 이해 바라네."

앳된 여인, 안순자가 손짓으로 의자를 가리켰다.

"그 오랜 시간 이리 살아오신 겁니까?"

신비선녀의 목소리는 날이 바싹 서 있었다.

"이 몸, 저 놈 떠돌아서 그러시는가?"

안순자의 말에 신비선녀가 고개를 끄덕였다.

"내 죽어도 천당에는 못 갈게야."

안순자는 슬픈 눈빛을 드러냈다.

신비선녀는 슬픈 눈빛을 외면하며 안순자가 깃든 앳된 몸을 바라보았다.

"너무 날 세울 건 없네. 이리 살아도 함부로 타인의 몸을 빼앗지는 않으니."

안순자는 씁쓸한 웃음을 지었다.

"하오면……."

"죽은 이의 몸이지. 혼백이 떠난 육신을 억지로 잡아놓은 게야."

"그래도 죄는 죄입니다."

신비선녀는 안순자를 쳐다보았다.

"남천 가주."

안순자는 묵직한 목소리로 그녀를 불렀다.

"수십 번."

"······?"

"내가 능력이 좋아, 아니면 운이 좋아 이 몸 저 몸 떠돌아다녔으리라 보시는 겐가?"

"서, 설마······."

신비선녀의 눈이 부릅떠졌다.

"그리 생각한다면 저승사자들은 모두 눈먼 봉사가 아닌가?"

"아─, 아."

충격을 받은 듯 신비선녀가 잠시 휘청였다.

"그, 그렇다면······."

"이 몸이 마지막일세."

신비선녀가 더듬 물어왔지만, 안순자는 화제를 다른 곳으로 돌렸다.

"이제 멀지 않았구먼."

안순자는 고개를 돌려 창문 너머로 보이는 파란 하늘을 올려다보았다.

"어찌, 어찌 그리 모진 삶을 살아갑니까?"

"내 눈앞에서 나의 신이 죽었네."

안순자의 눈에서 눈물이 주르르 흘러내렸다.

"그래서 나의 신을 다시 부활시키려 하는 것일세."

안순자는 신비선녀를 쳐다보았다.

"간악한 용들을 찢어발길……."

흐르는 눈물 사이로 서슬 퍼런 살기가 내비쳐졌다.

"신비선녀. 미안하네."

"예?"

"우리의 신이 다시 태어나기 위해서는 필요한 게 하나 더 있네."

"그게 무슨……, 서, 설마!"

신비선녀의 눈이 부릅떠졌다.

*　　　*　　　*

백두산, 천지.

그곳에 여인이 모습을 드러냈다.

김말자였다.

"후욱―, 후욱―."

산행이 꽤나 고되었던지 굵은 땀방울을 흘리며 크게 숨을 들이켰다.

스윽―

그때 생수병이 그녀의 눈앞으로 다가왔다.

"고마워요."

김말자는 생수병을 받아들며 조용히 옆에 서 있는 암별

초 별초장을 향해 미소를 지었다.

"크흠."

그녀의 시선을 느낀 별초장은 헛기침을 내뱉었다.

"별초장."

김말자는 별초장을 아련하게 쳐다보았다.

"이제 얼마 안 남았네요."

김말자는 저 멀리 단출하게 꾸려진 제단을 바라보며 말했다.

"별초장."

김말자가 그를 불렀다.

"우리……."

"말자야."

김말자가 뭐라 말을 꺼내는 데 별초장이 말을 싹뚝 잘랐다.

"아직 대업이 이뤄지지 않았다."

"맞아요. 아직이죠. 아직."

김말자는 애써 웃음을 지었다.

별초장은 그런 김말자를 말없이 쳐다보았다.

"끝난 뒤."

"……끝난 뒤?"

김말자는 눈에 띄게 표정이 밝아졌다.

"큼."

별초장은 헛기침을 내뱉으며 그 자리에서 사라졌다.

"다치지 말고."

그는 사라졌지만 그의 목소리는 남아 그녀의 귓가를 간질였다.

"몸조심해요."

'당신도……'

김말자는 마지막 호칭은 입 안으로만 맴돌렸다.

"후우—."

김말자는 발그레해진 뺨을 손바닥으로 툭툭 두들기며 잠시 따뜻하게 피어난 마음을 다시 차갑게 식혔다.

그리고 부적을 펼쳐들었다.

'미안하다.'

김말자는 저 멀리 신을 향해 기도하는, 한설린을 쳐다보았다.

자신도, 그녀도 하나의 신을 섬기지만, 가야 할 길은 다르다.

누구는 죽어야 하고, 누구는 죽여야 한다.

신을 위해.

순간, 김말자는 자신의 전생을 깨워준 이 몸의 신어머니인 '신비선녀'를 떠올렸다.

따뜻했다.

한순간이지만 북천문을 버릴까 고민이 들 만큼, 그녀의
품은 따뜻했었다.

수백 년 이어진 고단함을 잠시 풀어낼 수 있을 정도로.

'이제는 님과 함께 오순도순 늙어 죽고 싶어.'

잠시 마음이 흔들리자, 김말자는 입술을 지그시 깨물었
다.

"별초장. 시작해주세요."

그녀의 말이 끝나자 검은 그림자가 천지를 뒤덮기 시작
했다.

＊　　　＊　　　＊

"우리의 신을 깨우는 데 필요한 마지막 한 조각."

안순자의 말에 신비선녀의 몸이 바들바들 떨기 시작했
다.

"왜…… 하필 그 아이입니까?"

"그 아이만이 유일한 무녀니까."

"당신은? 당신들은!"

"우리는 역천을 한 죄로 신을 받을 수 없는 몸일세."

안순자는 신비선녀를 지그시 바라보았다.

"우리의 마지막 핏줄은 신을 낳고 죽었네."

안순자의 딸이자, 박현을 낳은 어머니.

"그 피도 반쪽이라, 한설린의 피가 필요하네."

"안 됩니다!"

신비선녀는 눈을 부릅뜨며 소리치듯 거부했다.

"늦었네. 그리고 미안하네."

그 말에 신비선녀의 눈에 핏발이 들어섰다.

"그 아이에게 무슨 일이라도 생긴다면 당신을 용서하지 않을 겁니다."

신비선녀는 허겁지겁 병실을 빠져나갔다.

그녀가 사라지고, 얼마 지나지 않아.

드르륵—

문이 열리고 건장한 체격의 사내들이 안으로 들어왔다.

"모시러 왔습니다."

그 사내들 사이로 일청파 부두목 강두철이 안순자를 향해 고개를 숙였다.

*   *   *

쩌정—

거울이 금이 가는 소리와 함께.

번쩍!

박현의 눈동자도 깨졌다.

그리고는 새 눈이 돋아났다.

황금빛 기운을 담고 있던 태극의 동공이 사라지고, 온연히 황금빛을 발하는 눈동자가 들어섰다.

그렇게 황금빛을 눈에 담자.

마치 개안을 한 듯, 세상이 새롭게 보였다.

'바뀌었다.'

토끼가 사라졌다.

토끼는 용의 눈.

그 자리에 아직은 모습을 드러내지 않은 자신의 열 번째 그림자의 눈이 들어선 것이었다.

'나는 무엇인가?'

무엇이기에.

용을 잡아먹는단 말인가.

*용어

1) Death: Death, 죽음을 뜻하는 카드이지만, 단순히 죽음만을 나타내는 카드는 아니다. 이 카드는 종결, 결말을 뜻하기도 하지만, 그로 인해 종결로 인한 전환점 혹은 그로 인한 새로운 시작을 뜻하기도 한다.

2) 운명의 수레바퀴(Wheel of fortune): 운명의 수레바퀴 카드는 반복, 운명, 윤회 등을 뜻한다.

3) 바보: (The fool 사내를 '바보'라 칭하지만, 정확한 캐릭터는 광대 혹은 나그네이다. 이 카드가 뜻하는 바는 시작, 첫걸음, 미지로의 새로운 여행, 변화 등이다.

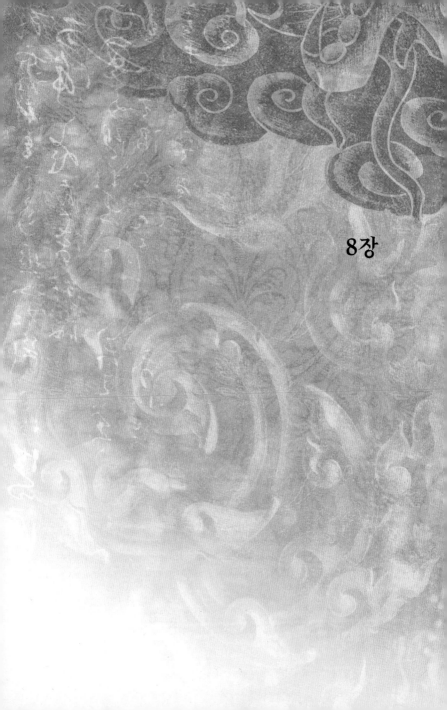

8장

"용을 먹는 신?"

조완희가 고개를 갸웃거리며 물었다.

"용을 먹을 수 있는 신이 있는가?"

천외천 중에 천외천.

이 땅에 현신한 신들 중에 절대좌라 일컬어도 부족함이 없는 존재가 바로 용이었다.

"글쎄."

조완희는 턱을 쓰다듬으며 고민에 잠겼지만 이내 아리송한 표정을 지었다.

"그런데 용을 먹는다니."

"할머니의 목소리가 들려왔어."

"……할머니?"

"용을 먹으라고 하더군."

그 말에 조완희의 눈매가 살짝 굳어졌다.

"그래서?"

"신룡의 살과 피, 내단을 먹었다. 그랬더니 내 안에 무언가가 깨졌어."

"……!"

조완희의 동공이 살짝 커졌다.

"비단 내 안의 무언가만 깨진 게 아니야."

박현이 눈을 감았다 다시 뜨자 황금빛 눈동자가 모습을 드러냈다.

단순히 눈동자에 황금빛 기운이 서려 황금빛을 띤 게 아닌, 순수한 황금색 눈동자였다.

그걸 본 순간, 조완희의 눈동자가 파르르 떨렸다.

"흠."

조완희는 최대한 자연스럽게 눈을 감으며 떨리는 눈동자를 감췄다.

"신룡은 아는 게 없던가?"

분명 박현이라면 그 순간 신룡의 입을 통해서 알아내거나 아니면 그의 기억을 뒤졌을 터.

조완희의 물음에 박현은 고개를 저었다.

"듣지 못해 기억을 뒤졌지만, 아무것도 볼 수 없었어."

"……?"

"그 정체가 무엇인지 모르지만, 너무나도 큰 공포로 보이는 건 오로지 검은 암흑뿐이었어."

조완희는 자리에서 일어났다.

"그럼 나는 빨리 한국으로 들어가볼게."

"그래, 좀 부탁한다."

박현도 자리에서 일어났다.

"어딜 가려고?"

"너한테만 맡길 수 없으니까."

"……?"

"가까운 놈부터 잡아봐야지."

"홍콩?"

박현이 고개를 끄덕였다.

"반룡이라."

조완희는 고개를 끄덕이며 방을 빠져나갔다.

"어딜 그리 급히 가야?"

서기원이 급히 나가는 조완희를 불러 세웠다.

"한국에 급히 들어갈 일이 생겨서."

"음……."

"왜? 할 말 있어?"

"아니어야."

서기원은 잠시 생각하더니 고개를 저었다.

"그래."

조완희는 다시 발걸음을 옮기다가 고개를 돌렸다.

"사고 치지 말고, 현이 잘 도와라."

"나를 뭐로 보고 그래야?"

"그래그래."

조완희는 서기원의 어깨를 주먹으로 툭 치며 발걸음을
재촉했다.

"그냥 말할 걸 그랬나야?"

서기원은 입맛을 다시며 박현을 찾아갔다.

"넌 또 어딜 가야?"

"홍콩."

"홍콩?"

"반룡 잡으러."

"반룡이어야?"

그 순간 서기원의 눈빛이 반짝였다.

"왜?"

"그게 말이어야. 거 참~. 이걸 뭐라 말을 해야 하나야."

서기원은 뒷짐을 지고 고민에 잠겼다.

"어쨌든 같이 가도 되지야?"

"반룡 잡으러?"

"그래야."

박현은 서기원을 지그시 바라보았다.

때로는 엉망진창 천방지방이지만, 그렇다고 막무가내로 떼를 쓰지는 않았던 그였다.

"이유는?"

"그게 말이어야. 거 참~. 이걸 뭐라 말을 해야 하나야."

서기원은 다시 뒷짐을 지고 고민에 잠기는 모습이었다.

퍽!

박현은 그런 서기원의 엉덩이를 발로 찼다.

"아얏! 아파야!"

서기원은 엉덩이를 손으로 비비며 박현을 쩨려보았다.

"그냥 말해라. 폼 잡지 말고."

"쩝. 그게 말이어야."

서기원은 조금 뜸을 들이더니 머쓱하게 입을 열었다.

"꿈에 아버지가 나왔어야."

"……아버지?"

"그게 말이어야. 아버지기는 한데, 아버지가 아니기도 한……, 그 뭐여야. 하여튼 아버지여야."

박현이 미간을 좁혔다.

"어쨌든 아버지가 말이어야, 얼른 자신의 힘을 가져가라
고 해야."

"힘을 가져가라?"

"야."

"그거랑 반룡이랑 무슨 연관이 있는 건가?"

서기원이 고개를 끄덕였다.

"용의 심장을 먹으라고 했어야."

"용의 심장?"

박현이 미간에 주름을 만들며 반문했다.

"……이상하지야?"

서기원이 박현의 눈치를 슬쩍 살폈다.

"먹으면?"

"그러면 자신의 이름을 물려준다 했어야."

"존함이 어찌되는데?"

"도깨비들의 아버지, 치우."

"치우?"

"야. 천왕이라 불리는 그분."

치우천왕.

박현의 눈매가 가늘어졌다.

*　　　*　　　*

한국에 들어선 조완희는 신비선녀를 급히 찾아갔다.

"박현 님 때문에 온 것이냐?"

신비선녀는 박현을 보자 한숨을 삼키며 물었다.

"어머니."

조완희는 다급히 신비선녀 앞에 앉았다.

"현이가 북천무가의……."

"안다."

"예?"

"안다 했다."

신비선녀는 주먹을 꾹 말아 쥐었다.

"내 그분을 만나보았다."

"예?"

조완희의 목소리가 커졌다.

"역천의 술로 몸을 갈아타셨더구나."

신비선녀의 말에 조완희의 표정이 한순간 굳어졌다.

"어찌 그 업을 다 감당하시려고. 대별왕의 노여움은 또 어찌……."

"대별왕께서 그 뒤에 계신 듯하다."

"예에?"

조완희의 목소리가 한층 더 커졌다.

"그분이 아니시더라도 최소한 시왕께서 계실 것이야."

"어, 어찌……. 아니……."

충격이 큰 듯 조완희는 그답지 않게 횡설수설하며 말을
제대로 꺼내지 못했다.

"하긴 저승사자께서 눈먼 봉사도 아니시니."

"하아—."

조완희는 어깨를 축 늘어트리며 복잡한 감정을 담아 숨
을 내쉬었다.

"그들의 집념이 무섭더구나."

"……?"

"그들이 조카를 납치했다."

"조카라 하시면……."

"남천의 마지막 핏줄."

한설린.

"그래서 밖이 그리 시끄러웠던 겁니까?"

"모르겠다."

신비선녀는 고개를 끄덕이면서도 망설임을 드러냈다.

"그 아이가 자신들의 신을 깨우는 데 필요한 마지막 퍼
즐 중 하나라고 하더구나."

조완희의 표정이 살짝 찡그려졌다.

"뭘 알고 있는 게냐?"

"나머지 하나를 알 것 같습니다."

"무엇이냐?"

"용."

"용?"

"용이 나머지 하나의 제물입니다."

"확실한 것이고?"

신비선녀가 몸을 들썩이며 물었다.

"그분이 그리 무언(巫言)을 보냈다 합니다."

"하아—."

"그리고 현이가 중국의 오룡 중 하나인 신룡을 먹었습니다."

"그래서?"

"현의 진신, 용이 깨졌습니다."

"……!"

"드러낸 눈은…… 황금이었습니다."

"황금?"

"태양 속 황금."

"태, 태양!"

신비선녀의 눈이 부릅떠졌다.

"서, 설마……."

신비선녀가 몸을 부들부들 떨었다.

"태양을 담았더냐?"

"예."

"그랬구나, 그랬어. 그러니 북천이……."

신비선녀는 털썩 주저앉았다.

"그래서 해태님이, 그래서 반쪽이라, 용의 몸을 빌어야 했구나. 허허, 허허허."

신비선녀는 허탈한 웃음을 터트렸다.

"그러니 그 복수심에 살아가는 것이었어."

"무슨 말입니까?"

"나는 북천이 이이제이(以夷制夷)를 한다 여겼다."

"이이제이?"

"용을 힘을 빌려 용들에게 복수를 하려는 줄 알았었다. 허나 아니었어."

"……?"

"그들은 애초부터 그들의 신, 삼족오의 피를 지켜냈었음이야."

"역시, 역시—."

"태양을 집으로 삼고 용을 먹고 자라는 신조(神鳥). 그 신을 불러내려 하고 있구나."

신비선녀는 감탄을 내뱉으면서도 표정은 한없이 어두워

졌다.

"설린아, 너를 어찌해야 하누? 너를……."

신비선녀는 눈을 질끔 감았다.

*　　　*　　　*

홍콩 남단, 라마섬[島].

그곳에 박현과 서기원이 나란히 길을 걷고 있었다.

아수라장이 된 홍콩 본토와 달리 이곳은 평화롭다 못해 적막하기 그지없었다.

또한 차도 없는 것이, 마치 세상의 흐름을 비켜난 듯했다.

"지금쯤 만났겠군."

박현이 마카오에서 신룡을 죽이고, 홍콩 본토로 넘어가는 그 날, 야쿠자 정예 부대가 마카오에 입성했다.

"오늘 저녁 볼 만할 거여야. 으흐흐흐흐."

서기원이 특유의 장난기 가득한 웃음을 내뱉었다.

"그래, 오늘 판을 바꾼다."

신룡이 죽고.

오늘 반룡이 죽는다.

그리고 투룡방의 이름을 지고, 수천 명의 야쿠자들이 홍콩에 들이닥칠 것이다.

"가자."

박현은 서기원과 함께 그 자리를 박차고 뛰어올랐다.

* * *

"결국 안순자를 찾아야 한다는 건데."

결국 돌고 돌아 결론은 안순자였다.

"일단 본(本)에게 맡기시오."

용왕 문무가 자리에서 일어났다.

"제아무리 그녀라고 해도, 한반도를 벗어나지는 않았을 터."

"만약 남이 아닌 북이라면?"

북은 자신의 손길이 닿지 않는다.

이문의 물음에 용왕 문무의 표정이 살짝 찡그려졌다.

그리고 백택이 그 땅을 다스리고 있다지만, 북의 주인은 엄연히 박현이었다.

"큼."

용왕 문무는 불편한 음성을 드러냈다.

"북에도 닿는 손이 있을 터, 부탁드립니다."

비희가 자중하라는 뜻으로 이문을 툭 친 뒤 자리에서 일어나 고개를 살짝 숙였다.

"그럼."

용왕 문무의 몸 주변으로 물줄기가 튀어올라 감싸더니 물과 함께 그 자리에서 사라졌다.

"북이라."

그가 사라지고, 비희는 다시 자리에 앉으며 중얼거리듯 말했다.

"아무리 용왕이라 하여도 북은 어려울 거요."

이문.

"북성이 작정하고 그녀를 숨긴다면 제아무리 용왕이라 하여도 힘들 게 분명해."

"결국 우리가 움직여야 한다는 소리인데."

"초도, 그리고 애자."

이문의 중얼거림을 이어 비희가 둘을 불렀다.

"둘이 북으로 다녀오너라."

초도는 잠시 눈을 껌뻑였고, 애자는 뭔가 마음에 안 든다는 듯 미간을 찌푸렸다.

"누구보다 막내를 귀여워했던 걸 안다. 그러니까!"

비희가 목소리를 살짝 높였다.

"둘이 가서 확인해 봐."

비희의 말에 초도는 슬쩍 애자의 눈치를 살폈다.

"알았어요."

잠시 생각에 잠겼던 애자는 고개를 끄덕이며 자리에서 일어났다.

"가자."

"으엑!"

애자는 초도의 뒷덜미를 잡아끌었다.

＊　　　＊　　　＊

박현은 뜬금없이 툭 튀어나온 암벽 앞에 섰다.

"재미난 곳이군."

암벽등반이 엄두가 나지 않을 정도로 기괴한 암벽이었다. 하지만 박현은 암벽이 아닌 암벽 너머를 보고 있었다.

"그럼 가볼까?"

박현은 암벽을 향해 발을 내디뎠다.

수욱―

박현의 몸이 닿자 암벽이 물풍선처럼 꿀렁거렸다.

그리고 암벽에 파묻히듯 박현의 몸이 사라졌다.

암벽 뒤로 드러난 것은 화초들이 즐비한 아름다운 뜰이었다.

"흠."

그리고 절로 기분이 좋은 콧바람이 흘러나올 정도로 흐

르는 기운도 매우 정순했다.

아마 암벽으로 위장한 결계가 주변의 기운을 빨아들여서 그런 게 아닐까 싶었다.

잠시 마음을 달랜 박현은 시선을 들어 저 멀리 웅장하게 드리운 대장원을 쳐다보았다.

중국의 다섯 별 중 하나이자, 홍콩의 지배자.

반룡의 거처였다.

"가자."

박현이 뒤따라 들어온 서기원과 함께 발을 내딛는데.

"우적우적─, 오드득 오드득."

뭔가 맛있게 씹는 소리가 들렸다.

들려서는 안 되는 소리.

의아함에 고개를 옆으로 돌렸다.

"뭐하냐?"

박현은 저 멀리 잡초 사이에 몸을 웅크리고 있는 서기원을 발견했다.

"으, 응?"

고개를 돌리는 서기원의 볼은 매우 **빵빵**했다.

그리고 그의 손에 들린 건 이름 모를 뿌리였다.

"……."

박현은 뿌리를 한 번 쳐다본 후 서기원을 쳐다보았다.

"……."

서기원은 그냥 눈을 몇 번 껌뻑일 뿐이었다.

"……."

"……."

"……."

잠시 묘한 침묵이 흘렀다.

"뭐 먹냐?"

결국 박현이 한숨을 섞어 물었다.

"이건 하수오, 이건 백수오."

"흠."

박현은 침음성을 삼켰다.

"이거 정말 좋은 몸에 좋은 거여야."

"……."

"줘, 줘야?"

서기원이 어색하게 뿌리를 내밀었다.

퍽!

박현은 축지를 밟아 서기원 뒤로 다가가 뒤통수를 한 대 갈겼다.

"꿰엑!"

서기원은 바닥에 엎어진 채 몸을 바르르 떨었다.

"우씨! 그렇다고 때릴 것까지…… 는……."

서기원은 신경질을 내다 말고 하늘을 올려다보았다.

하늘에 한 사내가 떠 있었다.

누군지 물어보지 않아도 알 수 있었다.

이 대장원의 주인.

반룡이었다.

*   *   *

하녀의 부채 바람을 맞으며 느긋하게 오수를 즐기던 반룡은 몸을 살짝 떨며 눈을 떴다.

머리 위에서 하늘하늘 움직이는 커다란 두 개의 부채가 눈에 거슬렸는지 반룡은 손으로 툭 쳐내며 자리에 앉았다.

"죄, 죄송합니다."

"죽을 죄를 지었습니다."

두 명의 하녀는 애처로울 만큼 바르르 떨며 바닥에 바싹 엎드렸다.

반룡은 그런 그녀들에게 눈길 한 번 주지 않고 자리에서 일어났다.

'요것 봐라.'

반룡은 바닥을 가볍게 발로 툭 차며 허공으로 날아올랐다.

결계 끝자락에서 두 사내가 투닥거리고 있는 것을 보니

어이가 없었다.

더 기가 막힌 건, 그중 한 놈이 자신이 아껴서 기르는 하오수와 백수오를 먹고 있는 게 아닌가.

어떻게 결계에 들어온지는 모르나.

실수라 해도 죄를 지었으면 그에 응당한 벌을 받아야 하는 법.

물론 그 벌은 죽음 외에는 없었지만.

반룡은 장난기 가득한 미소를 지으며 살기를 드러냈다.

짓궂게 보이는 미소와 달리 그에게서 뿜어져 나오는 살기는 가히 초목마저 말라 죽게 만들 정도로 짙었다.

그 살기가 두 사내를 덮치자, 둘의 표정이 눈에 띄게 굳어졌다.

따분한 오후.

잠시 가지고 놀아도 좋을 듯싶어,

'일단.'

반룡은 크게 숨을 들이켜 가슴을 부풀린 후 울음을 터트렸다.

"크하아아아아앙!"

한편으로 울음 한 번에 심장이 멈춰 죽지 않기를 바라면서.

'어떻게 죽이면 좋을······.'

반룡이 히죽 웃는데.

"아따, 귀 아프게 왜 소리를 지르고 지랄이어야!"

퉁퉁한 놈이 소리를 버럭 질렀다.

"우씨, 개도 밥 먹을 때 안 건드린다고 했어야."

그러더니 들고 있던, 아니 씹다 만 하수오 뿌리를 자신의 얼굴로 냅다 집어던졌다.

퍽!

그리고 너무나도 어이없게 반룡은 그 뿌리에 이마에 얻어맞고 말았다.

"이, 이 새끼가!"

반룡은 몸을 부르르 떨며 살기를 더욱 끌어올렸다.

"정녕 죽고 싶은……."

반룡이 분노를 터트리려고 했지만.

"뭘 잘했다고 소리를 바락바락 지르고 지랄이어야! 앙!"

쿠웅!

퉁퉁한 놈, 서기원의 등 뒤에서 거대한 신이 모습을 드러냈다.

사천왕 중 붉은 신, 증장천왕이었다.

쾅!

증장천왕은 커다란 주먹으로 반룡의 머리를 주먹을 꿀밤을 때리듯 내려찍었다.

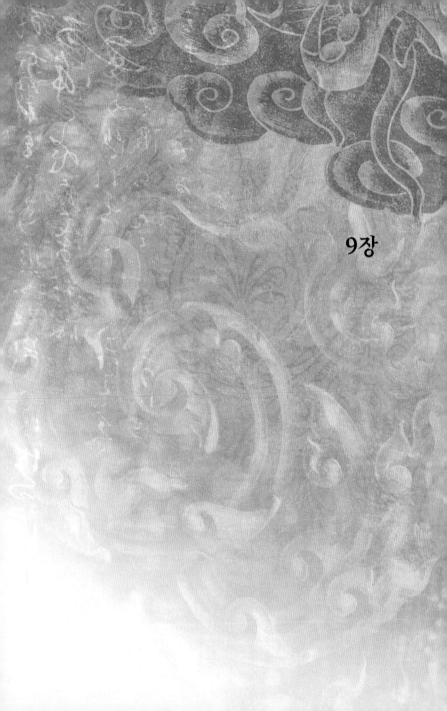

9장

쾅!

인간의 육신을 뒤집어쓴 반룡이, 현신한 증장천왕의 꿀밤을 가장한 주먹에 뒤로 날아가 자그만 전각을 부수며 처박혔다.

『으하하하하하!』

증장천왕은 마치 보디빌더처럼 근육을 부풀리며 여러 포즈를 취했다.

"……?"

너무나도 경망스러운 모습에 박현은 황당해하는데.

《이, 이놈! 본, 본신의 몸으로 뭘, 뭘하는 것이냐!》

이두박근을 뽐내고 있는 증장천왕의 노성이 터졌다.

'응?'

박현은 이상함에 고개를 돌려 서기원을 쳐다보았다.

저 멀리, 떨어져 있는 서기원이 증장천왕과 똑같은 포즈를 취하고 있었다.

이두를 뽐내던 서기원이 몸을 앞으로 웅크리며 가슴근육과 복근에 힘을 빡 주었다.

《그만두지 못하느냐!》

서기원과 똑같은 포즈를 취하고 있는 증장천왕의 처절한 울부짖음이 터져 나왔다.

콰앙!

그때 부서진 전각 파편이 튀며 반룡이 하늘로 튀어 올라왔다.

"감히 이 몸에 상처를……."

반룡이 분노를 터트리는 그때.

『우쭈쭈. 그래서 화났어야?』

증장천왕이 몸을 뒤로 돌려 엉덩이를 쭉 내밀고는 손바닥으로 토실토실한 엉덩이를 톡톡 치며 반룡을 놀렸다.

《끄읍.》

그때 희미하게 증장천왕의 눈물 머금은 목소리가 바람에

실려 흩날린 건 아마 착각일지도.

"크하아아악!"

놀림에 한순간 얼굴이 벌겋게 달아오른 반룡은 용의 울음을 터트리며 증장천왕을 향해 몸을 날렸다.

그에 증장천왕은 손바닥을 활짝 펼쳐 마치 파리채를 휘두르듯 반룡을 향해 손을 휘둘렀다.

팟팟팟—

반룡은 한 마리 나비처럼 우아하게 방향을 전환하며 증장천왕의 손을 벗어났다.

그에 증장천왕이 왼손으로 반룡을 다시 움켜잡으려 할 때 반룡의 신형이 아래로 뚝 떨어졌다.

팡!

그러더니 한순간 한 마리 벌처럼 서기원을 향해 쏘아져 나갔다.

"에엑!"

갑자기 덮쳐오는 반룡을 보며 서기원이 눈을 동그랗게 뜨며 입을 쩍 벌렸다.

당황함이 역력한 표정.

"팔다리를 찢어놓으마!"

반룡은 비릿하게 웃으며 서기원을 덮쳐갔다.

그때였다.

"후훗!"

당황하며 뒤로 반걸음 정도 뒷걸음쳤던 서기원이 입꼬리를 말아 올렸다.

"달려라 달려 로버트야!"

서기원이 한 손을 번쩍 들며 마치 하늘을 날아오르는 것처럼 포즈를 취했다.

"날아라 날아 태권V!"

우렁찬 노랫소리에 거대한 주먹이 땅을 뚫고 조금씩 밀려 올라왔다.

《안 된다, 이놈아! 본신은 안 된다!》

이 목소리는?

'광목천왕이었던가?'

박현은 주먹 아래 휘황찬란한 갑옷을 보자 자신의 예상이 맞아 고개를 끄덕였다가 이내 고개를 절레절레 저었다.

"정의로 뭉친 주먹 로버트 태권! 용감하고 씩씩한 우리의 친구!"

신나고 씩씩한 서기원의 노래에 맞춰 광목천왕이 반쯤 모습을 드러냈다.

《…….》

모든 걸 포기하고 체념한 듯 광목천왕은 눈을 감고 있었다.

"두 팔을 곧게 앞으로 뻗어~!"

서기원의 노래 가사에 맞춰 광목천왕의 손이 반룡을 향했다.

"적진을 향해!"

그에 광목천왕의 몸이 허공에 살짝 떠올랐다.

"하늘을 날으면!"

쾅!

광목천왕이 공기를 터트리며 반룡을 향해 날아갔다.

"멋지다, 신난다! 태권V 만만세!"

반룡을 향해 날아가던 광목천왕이 주먹을 허리로 당겼다가 반룡을 향해 크게 휘둘렀다.

콰앙!

그 주먹에 반룡이 바닥에 처박히며 땅을 파고들었다.

광목천왕은 허공을 크게 돌아 그 위에 서며 오른손으로 'V' 자를 그려냈다.

"무적의 우리 친구 태권V!"

《큡!》

광목천왕의 눈물도 그저 착각이었을까.

퍼엉!

땅에 묻혔던 반룡이 땅거죽을 뚫고 다시 튀어올라 왔다.

그에.

"달려라, 달려 로버트야!"

서기원이 학다리 모양을 만들며 2절을 시작하자.

픽!

보다 못한 박현이 축지를 밟아 서기원 뒤로 가.

"우엑!"

뒤통수를 한 대 갈겼다.

*　　*　　*

허공으로 다시 날아오른 반룡은 조금 전과 달리 박현과 서기원을 노려보았다.

쩌적! 쩌저적!

그런 반룡의 육신이 찢어지며 거대한 진신을 서서히 드러냈다.

"크르르르르!"

뿔도 없는 것이 용이라기보다는 이무기에 좀 더 가까운 모습이었다.

하지만 그 몸집만큼은 용도 저리 가라 할 만큼 매우 컸다.

쿠웅!

진신을 드러낸 반룡은 땅으로 툭 떨어졌다.

땅거죽이 울렁거릴 정도로 그 무게감도 상당했다.

"끄으. 아프겠어야."

그 모습에 서기원은 몸을 부르르 떨었다.

"크하아아악!"

반룡은 뱀처럼 기어 서기원과 박현을 향해 얼굴을 바싹 처들며 울음을 터트렸다.

"후우—. 야는 잘 날아댕기다가 갑자기 먼지를 피우고 지랄이어야."

서기원은 손바닥으로 부채질을 하며 미간을 찌푸렸다.

"맞다. 너 하늘을 못 날지야?"

하늘을 날지 못하는 용.

반룡.

서기원이 살짝 역린을 건들자.

"크하아아악!"

반룡은 살기가 가득한 울음을 터트리며 서기원을 향해 몸을 날렸다.

으그극— 카가각!

화려하게 꾸며놓은 온갖 기암석과 화초를 뭉개며 다가간 반룡은 서기원을 한입에 꿀떡 삼킬 요량으로 물어갔다.

"크크크."

뒤로 훌쩍 물러난 서기원은 다시 요상한 포즈를 취하며 소리쳤다.

"출동!"

그그그극!

그에 또 다른 사천왕, 지국천왕이 땅을 뚫고 뛰어나왔다.

《본신에게 무, 무슨 짓을 저지르려고 그러느냐! 안 된다! 그, 그래! 다문천왕! 다문천왕이 있느니라!》

지국천왕은 마치 랩을 하듯 빠르게 말을 쏟아냈지만.

"합체!"

서기원은 낭랑하게 소리치며 거구의 지국천왕의 등으로 뛰어올랐다.

스르륵!

그리고 지국천왕의 등으로 스며들었다.

지국천왕은 번개라도 맞은 것처럼 몸을 바르르 떨었다.

"크하아아아악!"

그러는 사이 반룡이 지국천왕의 어깨를 물어왔다.

여차하는 순간, 어깨가 찢겨나갈 상황.

번쩍—

간발의 차이를 앞두고 지국천왕이 눈을 부릅떴다. 그리고는 재빨리 양손을 뻗어 반룡의 윗턱과 아랫턱을 움켜잡았다.

그그그극!

반룡의 힘이 워낙 좋아 지국천왕이 뒤로 밀렸지만, 이내 힘을 줘 맞서가자 균형이 서서히 맞춰져 갔다.

그렇게 힘의 균형이 맞춰지자.

지국천왕의 눈매가 그믐달처럼 휘어지며 입술 끝이 씰룩씰룩거렸다.

그러더니.

『음트트트트트트!』

경박한 웃음이 튀어나왔다.

그건 서기원의 웃음과 매우 놀랍도록 닮아있었다. 아니, 서기원의 웃음이었다.

『너는 뒈졌어야!』

서기원은 재빨리 몸을 튕겨 반룡의 품으로 파고들어 그의 목을 팔로 감쌌다.

『으헛!』

그리고는 양팔에 힘을 줘 반룡의 목을 죄였다.

『캬하아악!』

그에 반룡이 긴 몸을 튕겨 지국천왕을 향해 꼬리를 채찍처럼 날렸다.

『도와줘야, 광목천왕!』

《흥!》

돌아온 건 콧방귀.

『사랑하는 증장천왕…….』

《어디 그 이름을 입에 담느냐!》

돌아온 건 역정.

『안 되겠어야! 나와주셔야, 다문천왕!』

《…….》

쏴아아아아—

한 줄기 바람만이 스쳐 지나갈 뿐.

『저기야?』

《…….》

『저기야? 안 들려야?』

《…….》

『다문천왕님?』

《…….》

『다문천왕?』

《…….》

『님아!』

《…….》

『어이!』

《…….》

『야!』

《…….》

『이 새끼야!』

《…….》

다문천왕의 대답은 끝내 없었다.

콰아아아앙!

지국천왕, 그러니까 서기원이 있던 자리에 반룡의 꼬리가 떨어지자, 마치 폭탄이라도 터진 것처럼 폭음이 일었다.

『에구구구!』

그리고 그곳에서 얼마 떨어지지 않은 곳에서 지국천왕이 먼지를 툭툭 털며 자리에서 일어나고 있었다.

갑옷 후면이 조금 뜯긴 걸 보면 제법 아슬아슬했던 모양이었다.

"도와줄까?"

박현이 물었다.

『됐어야.』

서기원은 히죽 웃으며 입을 열었다.

『이렇게 나온다는 거지야?』

그 말에 움찔한 건 반룡이 아니었다.

하늘에 떠 있던 광목천왕이, 저 멀리 떨어져 있던 증장천왕이, 그리고 마지막으로 발아래 땅거죽이 들썩였다.

『후훗!』

서기원은 고개를 돌려 살포시 손으로 입을 가리며 잔망한 웃음을 내뱉었다.

『에헴!』

그러더니 거만하다 해도 이상하지 않을 정도로 무게감을 내비치며 소리쳤다.

『우리 사랑하옵고 존경하는 대별왕의 이름으로 명하노니, 사대천왕은 이 땅에 현신하라!』

그그그극!

그 말이 떨어지기가 무섭게 나머지 다문천왕이 땅을 뚫고 모습을 드러냈다.

퉁!

동시에 서기원이 증장천왕의 몸 밖으로 튀어나왔다.

땅으로 내려온 서기원은 재빨리 도깨비방망이를 꺼내들었다.

"나와라, 나와라! 나의 분신들아!"

펑— 펑— 펑!

서기원이 도깨비방망이를 바닥에 두들기자 하얀 연기와 함께 서기원과 똑같이 생긴 분신이 모습을 드러냈다.

"음트트트트트!"

"음트트트트트!"

"음트트트트트!"

"음트트트트트!"

넷은 서로를 마주 보며 똑같은 웃음을 터트렸다.

"어때야?"

"어때야?"

"어때야?"

"어때야?"

네 명의 서기원은 박현을 향해 가슴을 쭉 내밀며 물었다.

"어째 힘도 넷으로 나눠진 거 같다."

박현의 기감은 매우 정확했다.

"괜찮아야. 나가 싸울 게 아니어야."

"괜찮아야. 나가 싸울 게 아니어야."

"괜찮아야. 나가 싸울 게 아니어야."

"괜찮아야. 나가 싸울 게 아니어야."

네 명의 서기원은 히죽 웃는가 싶더니, 동시에 주먹을 번쩍 치켜들어 올리며 소리쳤다.

"가즈아!"

"가즈아!"

"가즈아!"

"가즈아!"

구호를 외친 넷은 바로 흩어져 사천왕의 몸으로 스며들었다.

『어떻게 할까?』

『줘 패자!』

『그럼, 개는……, 아니 용은 패야 제맛이지야.』

『그럼 팬다!』

그리고 사천왕들은 동시에 무구를 꺼내더니 반룡을 향해 마구 달려들었다.

그리고 마구잡이로 무구를 휘둘렀다.

또르르르—

그런 사천왕의 눈에 맺힌 물방울은.

'눈물?'

박현은 고개를 절레절레 저었다.

'저럴 분들이 아니시건만.'

불법을 수호하시는 분들이.

박현은 안쓰러운 마음에 그저 조용히 합장을 하며 그들을 위로했다.

$$* \qquad * \qquad *$$

서기원이 탄(?) 사천왕의 무용은 대단했다.

퍽! 퍼버벅— 퍼벅!

사천왕은 머리에서부터 꼬리까지 달라붙으며 각자의 무구를 마구 휘둘러 갔다.

"크하아아악!"

하지만 반룡에게 충격을 가하기에는 부족한 듯, 반룡은 꼬리를 크게 휘둘러 사천왕은 쓸어버리듯 밀어냈다.

쿵— 콰당! 콰당탕탕!

"으엑!"

"우어억!"

"으메야!"

"으따! 그놈, 힘 한 번은 장사여야!"

바닥으로 내던져져 바닥을 구른 사천왕은 엉덩이를 털며 자리에서 벌떡 일어났다.

"툇!"

"툇!"

사천왕은 마치 거울을 앞에 둔 것처럼 동시에 손바닥에 침을 뱉어 비빈 후 무구를 다시 움켜쥐었다.

"가즈아!"

"뒈져야!"

사천왕은 다시 반룡을 향해 몸을 날렸다.

반룡은 거북이 등딱지만큼 두꺼운 비늘로 덮여 있어서인지 사천왕의 공격을 거뜬히 견뎌내며 꼬리를 마구 휘둘렀다.

퍽! 퍼억!

"으엑!"

"으메야!"

그에 사천왕은 다시 바닥으로 나뒹굴었다.

"그놈 참 팔팔해야!"

"우리 소 잡는 방식으로 가는 건 어때야?"

"잡아놓고, 정수리에 한 방?"

"오! 좋은 생각이어야!"

"그러면 나가 머리를 맡아야."

"나는 꼬리를 잡겠어야."

"나는 몸통!"

"그럼 나는 머리를 쪼사버리겠어야."

빠르게 말을 마친 사천왕은 다시 흩어졌다.

"흐압!"

가장 먼저 달려든 건 지국천왕이었다.

지국천왕은 기민하게 반룡의 품으로 파고들어 그의 목을

움켜잡았다.

"으메! 이놈 힘 보소."

반룡이 머리를 흔들자 지국천왕은 마치 로데오를 펼치는 카우보이처럼 이리 뛰고 저리 뛰었다.

"후딱 잡아야!"

"안 그래도 가고 있어야!"

광목천왕이 펄떡펄떡 뛰는 꼬리를 움켜잡았다. 그리고 다문천왕이 몸통을 눌렀다.

그렇게 셋이 달라붙고 나서야 겨우겨우 반룡의 날뜀을 가라앉힐 수 있었다.

"퉷!"

증장천왕이 손에 다시 침을 뱉은 뒤 칼을 단단히 움켜쥐 었다.

그리곤 지국천왕이 찍어 누르고 있는 반룡의 머리로 다 가가 칼을 작두처럼 번쩍 들어올렸다.

"크하아아악!"

눈앞에 칼이 드리우자 반룡은 거칠고 크게 몸을 흔들었 고, 사천왕은 그 힘을 이기지 못하고 사방으로 튕겨 나갔 다.

그런 후, 반룡은 눈앞에서 칼을 들었던 증장천왕을 집어 삼키려는 듯 그를 한 입에 물어갔다.

"헉, 젠장이어야!"

증장천왕은 헛바람을 들이마시며 재빨리 뒤로 물러났지만, 반룡의 움직임이 더 빨랐다.

콱!

빠르게 뒤로 물러나는 증장천왕을 기어코 따라붙은 반룡이 그를 한 입에 깨물어버렸다.

"흠."

박현의 침음이 새어나오려는 그때.

"흐헛!"

서기원 특유의 기합성이 반룡의 입 안에서 터졌다.

그리고 반룡의 턱이 부들부들 떨더니 조금씩 벌어지기 시작했다.

온 힘을 다해, 힘겹게 반룡의 입을 벌린 증장천왕이 힘에 부친 듯 팔과 다리를 떨며 소리를 버럭 질렀다.

"야이, 쌍노무 시키들아! 아무리 내가 죽지 않은 걸 알아도 그냥 지켜보고만 있어야! 너희가 그러고도…… 나여야? 나는 난데, 너희도 나고, 어라리어야?"

증장천왕은 말을 하다 말고 고개를 갸웃거렸다.

순간 고민에 빠지며 힘에 집중하지 못한 듯 반룡의 턱이 다시 콱 닫혀졌다.

"헉!"

허리가 반쯤 접히자 증장천왕은 헛바람을 들이마시며 재빨리 버텼지만, 이미 기울어진 추를 되돌리기에는 역부족이었다.

"웃차!"

그제서야 지국천왕이 반룡의 입으로 뛰어들어 반룡의 입을 강제로 벌렸다.

"휴우―, 이제 살겠어야."

여유가 생기자, 증장천왕은 손등으로 이마에 난 땀을 닦으며 반룡의 입 밖으로 훌쩍 뛰어내렸다.

"야! 야! 야!"

반룡의 턱을 옮겨 멘 지국천왕이 혼자 쏙 빠져나간 증장천왕을 향해 소리를 버럭 질렀다.

*　　　*　　　*

천외천의 싸움이었다.

그중 하나는 중국을 지배하는 오룡 중 반룡.

어떤 이능의 힘을 가지지 못하고, 오로지 두꺼운 피부와 비늘로 몸을 보호하며, 우악스러운 힘만 가진 용이었지만, 어쨌든 용은 용이었다.

그리고 사천왕.

비록 진신의 현신은 아니었지만, 불법을 수호하는 사천왕이었다.

그런 그들의 싸움이…….

"하아—."

이토록 엉망진창일 줄이야.

잠시 기대했던 박현은 절로 한숨을 푹 내쉬었다.

그렇게 어이없어할 때였다.

"도와줘야, 박현!"

"도와줘야, 박현!"

"도와줘야, 박현!"

"도와줘야, 박현!"

사천왕의 한목소리가 들려왔다.

"그래, 간다, 가!"

박현이 반룡과 우격다짐을 하는 사천왕을 향해 걸음을 내딛는데.

"멋지다, 우리의 친구! 박현!"

"멋지다, 우리의 친구! 박현!"

"멋지다, 우리의 친구! 박현!"

"멋지다, 우리의 친구! 박현!"

빠직!

괜스레 이마에 힘줄이 돋아난 건 아닐 것이다.

"크하아아아앙!"

박현은 육신을 깨고 검은 진신, 흑룡으로 변했다.

콰앙!

그리고 단숨에 앞발로 반룡을 머리를 찍어 눌렀다.

"꽤애애애애액!"

괴로움에 반룡이 몸부림을 치기 시작하자, 하늘에서 하얀 창들이 툭툭 떨어져 내렸다.

푹― 쾅!

푸부북― 콰콰광!

하얀 창들은 마치 꼬치를 끼우듯 반룡의 몸 곳곳을 꿰며 땅에 꽂혔다.

대합의 창이었다.

그로 인해, 마치 몸 중간 중간에 족쇄라도 찬 듯 반룡의 움직임은 완전히 갇혀버렸다.

"크르르르!"

박현은 뒷발로 반룡의 등과 목을 강하게 짓누르며 앞발로 머리를 움켜잡았다.

『아, 안…….』

죽음을 직감한 듯 반룡은 떨리는 눈으로 박현을 올려다

보았다.

콰지직— 후득.

박현은 무심히 반룡의 머리를 단숨에 뜯어 발겼다.

*　　　*　　　*

퉁—

다시 찾아온 어둠.

내면이리라.

박현은 어둠 속에서 차분히 빛을 기다렸다.

그리고 여느 때처럼, 여명이 일 듯 빛이 내려와 어둠을
밝혔다.

중앙에는 거울이 놓여 있었고, 그 거울 앞으로 그림자들
이 줄을 지어 서 있었다.

모든 그림자가 거울을 바라보고 있었지만, 단 하나.

마지막 그림자만은 자신을 바라보고 있었다.

잠시 그 그림자와 눈을 마주한 뒤, 박현은 빠르게 앞선
그림자들을 살폈다.

'일곱.'

또 하나가 줄었다.

'잉어.'

잉어의 그림자가 없었다.

또다시 그림자를 하나 먹었다.

아버지가 남겨주신 그림자를.

'나는 아비를 먹고 자라는 괴물인가?'

아니면.

'내가 믿던 아버지가, 아버지가 아닌 것인가?'

박현은 그림자들을 쳐다보았다.

'나는 무엇인가?'

무엇이길래.

용을 먹고 자라야 한단 말인가.

그때.

구르르르르-

내면의 공간이 흔들렸다.

'……?'

내면의 균형이 깨져서가 아니었다.

외부에의 어떤 강력한 힘이 내면을 흔든 것이었다.

현재 자신의 내면까지 흔들 힘은 단 하나.

서기원.

치우천왕.

그 힘은 무엇일까?

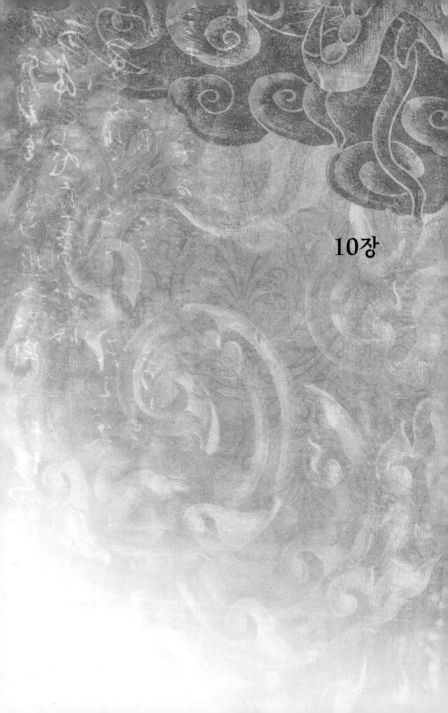

10장

박현이 의식을 되돌리자.

화악—

내면의 검은 장막이 걷히며 두 눈이 떠졌다.

그리고 보인 것은 거대한 하나이자 넷이며, 다시 하나인 서기원이었다.

후우웅— 지잉—

사천왕이 하나로 겹쳐진 채 지워졌다 다시 나타나기를 반복하고 있었다. 그러면서 네 개의 상(像) 사이에 흐릿한 노이즈가 문득문득 끼어들기 시작했다.

그 노이즈를 바라보던 박현은 시선을 조금 아래로 내렸다.

사천왕 아래, 서기원이 석상처럼 우두커니 서 있었다.

지잉—

사천왕 속에서 노이즈가 나타나자 서기원의 몸이 크게 부풀어 올랐다가, 노이즈가 사라지자 다시 제 모습으로 가라앉았다.

우웅— 웅— 웅— 웅—

사천왕의 겹상이 빨라지자, 간간이 튀어나오던 노이즈도 좀 더 빨라졌고, 명확해졌다.

검고 붉은 색.

노이즈가 선명해지면서 검고 붉은 색이 제 모습을 찾아갔다.

'두석린 갑옷?'

두석이라 함은 놋쇠를 말한다.

두석린 갑옷은 얇게 편 놋쇠 판, 즉 놋쇠 미늘을 연결해서 만든 갑옷으로, 조선시대에 가장 널리 쓰인 갑옷 중 하나였다.

'치우천왕이 두석린 갑옷을?'

《칙— 치익—.》

그때 마치 무전기처럼 잡음이 낀 소리가 들려왔다.

《본왕이 치익— 두석린 갑옷을 치익— 입으면 안 되는 치익— 것이더냐?》

"……!"

박현이 눈을 슬쩍 뜨며 사천왕을 쳐다보았다.

정확히는 사천왕 겹상 사이에서 서서히 모습을 드러내는 치우천왕이었다.

《칙— 후예가 이리 좋은 걸 만들어놨는데,》

치우천왕의 목소리는 점차 선명해져 갔다.

《선조로서 응당 잘 입어줘야지. 으하하하하하!》

마지막 웃음과 함께 널리 알려진 치우천왕의 도깨비 문양 탈이 모습을 드러냈다.

그것도 잠시.

본말이 전도되듯 사천왕의 상과 치우천왕의 상이 뒤바뀌었다.

그렇게 사천왕의 힘을 모두 흡수한 치우천왕이 모습을 드러냈다.

쿵!

붉고 검은 두석린 갑옷에 도깨비 가면을 쓴 치우천왕이 박현을 내려다보며 커다란 칼을 바닥에 내려놓았다.

《잘 컸구나.》

치우천왕은 박현을 내려다보며 말했다.

"……예?"

《짧은 만남이었지만 반가웠구나.》

툭!

그 말을 끝으로 치우천왕의 몸은 급격히 작아지며 서기원의 몸으로 스며들어 사라졌다.

쿵!

한 차례 몸을 부르르 떤 서기원은 고목나무가 쓰러지듯 뒤로 넘어갔다.

"기, 기원아!"

박현은 놀라 서기원을 향해 달려가 그를 부축했다.

"드르렁~ 쿨!"

서기원의 답은 코골이였다.

* * *

신룡에 이어, 반룡이 죽었다.

쿠웅!

그 충격이 자금성에도 고스란히 내려앉았다.

"확실한 것이냐?"

응룡이 노성을 터트렸다.

신룡은 그럴 수 있다 하여도, 반룡은 아니었다.

"신과 반이 부리던 종들이 증언을 하였사옵니다."

구영이 메마른 목소리로 대답했다.

"미천한 것들의 말만 들은 것은 아니겠지?"

"신의 오아시스가 무덤이 되었고, 반의 장원이 폐가가 되었습니다."

구영은 확언했다.

"직접 확인한 것이더냐?"

"그렇사옵니다."

콰직!

응룡은 들고 있던 술잔을 단숨에 으스러트렸다.

분노는 곧 걷잡을 수 없는 살기가 되어 사방으로 퍼져 나갔다.

"꺄아악!"

"아아악!"

가장 먼저 그 살기에 휘말린 건 옆에서 시중을 들던 앳된 궁녀 복장을 한 하녀였다.

두 여인은 살기를 이겨내지 못하고 온 모공에 피를 흘리며 그 자리에서 절명했다.

여인들을 잡아먹은 살기는 그것으로도 부족했던지 다음 먹이를 찾아 덮쳐갔다.

살기가 목을 죄여오자, 구영은 뒤로 물러나며 기운을 둘러 몸을 보호했다.

"후우욱— ."

시간이 좀 더 흘러 응룡은 살기를 거둬냈다.

"누구냐? 감히 짐의 권위에 도전한 것이!"

"신은 용이었다 합니다."

"요, 용?"

응룡은 당황한 듯 말을 살짝 더듬었다.

"그렇습니다."

"서양이더냐?"

응룡은 '드래곤'을 떠올렸다.

그에 구영이 고개를 저으며 입을 다시 열었다.

"용이라 했습니다."

"서, 설마!"

응룡이 그 자리에서 벌떡 일어났다.

"황룡, 황룡의 자식이 남아 있단 말인가!"

"……."

"황금빛을 띠고 있다 하는가?"

얼마나 당황했던지 응룡이 불안한 마음을 숨기지 못했다.

"황금빛은 아니었다 합니다."

"……그런가?"

응룡은 옅은 안도의 한숨을 내쉬며 다시 자리에 앉았다.

"묵빛, 묵빛이라 하였사옵니다."

자리에 앉던 응룡의 몸이 굳어졌다.

"무…… 묵빛?"

응룡은 엉거주춤한 자세로 구영을 쳐다보며 되물었다.

"그렇사옵니다."

구영이 고개를 끄덕였다.

"흑룡이라니? 세상의 용은 모두 죽은 게 아니었단 말인가?"

황룡을 도와 태고의 용을 죽였다.

그리고 자신을 비롯한 오룡이 황룡을 죽였다.

황룡을 끝으로 이 땅, 그리고 동아시아에서 용족은 멸족을 했다.

순혈의 용을 죽임으로써 자신들이 용의 지위에 오를 수 있었다.

그런데.

순혈의 용이라니.

"용이 맞나? 용이 맞냐 말이다!"

응룡의 언사는 매우 거칠었다.

"증언에 의하면 그러하옵니다."

"미천한 것들이 잘못 본 것이 아니고? 기억은? 기억은 읽어보았느냐?"

"증언과 별반 다르지 않았사옵니다."

이미 그들의 기억을 강제로 읽어본 모양이었다.

"어린 요, 요, 용이더냐?"

결국 자리에 철푸덕 주저앉은 응룡은 목소리를 떨며 물었다.

"종들의 기억이 공포에 막혀 정확하게 볼 수는 없었으나 성체임이 확실해 보입니다."

"힘없이 당했던가?"

"그것까지는 기억에 없었사옵니다."

"주인의 죽음조차 제대로 확인하지 못하고 도망친 모양이로군."

응룡은 순간 벌레를 보는 듯한 눈빛을 띠었다가 지웠다.

"그런데, 폐하."

구영이 응룡을 불렀다.

"뭔가?"

"신은 흑룡이 확실하오나, 반은 확실치 않습니다."

"무슨 소리더냐?"

"반을 찾아온 이는 둘. 그중 하나가 사천왕을 이 땅에 현신시켰사옵니다."

"……!"

"그와 동행한 이의 정체는 알 수 없으나, 종들의 기억을 대조해보았을 때 흑룡일 가능성이 매우 높습니다."

구영의 보고에 응룡의 침묵이 잠시 만들어졌다.

"흐읍— 후우—."

응룡은 크게 숨을 내쉬었다.

"당장 규와 촉을 이곳으로 부르라."

"예, 폐하."

구영이 뒤로 물러났다.

"용이, 용이 다시 등장하다니."

응룡은 땀으로 축축해진 손바닥을 매만졌다.

"짐이! 짐이! 어떻게 이 자리를 차지했는데!"

으드득!

응룡은 바닥 장판을 손으로 뜯어냈다.

"용도 불멸이 아님을! 어차피 죽여 본 용이 아니던가!"

*　　　*　　　*

백두산, 어느 토굴.

한설린은 멍하니 앉아 있었다.

"네가 죽어야, 우리의 신이 산다."

그녀의 머릿속에 김말자의 목소리가 빙빙 돌았다.

"정녕 제가 죽어야 하옵니까?"
"미안하다는 말은 하지 않으마."
"······."
"내 저승 가서 머리카락으로 짚신을 만들어 신겨
주고, 내 살점이라도 베어 먹이고, 내 피로 목을 축
여주마. 그리고 남은 육신으로 널 평생 이고 살아가
주마. 그러니 죽어다오. 나의 신을 위해, 너의 신을
위해."

또르르—
한설린의 눈에서 눈물이 주르르 흘러내렸다.

토굴 밖에는 암별초들이 삼엄한 경비를 서고 있었다.
    그리고 그곳에서 조금 떨어진 곳에 김말자와 별초장이
자리하고 있었다.
    "그녀가 수긍하겠는가?"
    별초장이 김말자를 보며 물었다.
    "수긍할 것입니다."
    "······그렇군."

별초장은 안쓰러운 눈빛으로 토굴을 힐긋 쳐다보았다.

"오라버니."

김말자는 별초장의 여린 마음을 알고 있기에 딱 부러지는 목소리로 그를 불렀다.

"안다. 말하지 않아도 안다."

별초장이 김말자를 쳐다보며 고개를 끄덕였다.

그때였다.

부스럭거리는 소리와 함께 토굴에서 한설린이 걸어 나왔다.

"가장 예쁜 옷을 구해주세요. 신 앞에서 가장 예쁘게 죽고 싶어요. 그래야 신의 기억 속에 이 몸이 예쁘게 남을 될 테니까."

＊　　　＊　　　＊

오악(五岳).

중국의 오대명산을 일컫는 명칭으로, 동악의 태산, 남악의 형산, 서악의 화산, 북악의 항산. 그리고 중악의 숭산을 이른다.

오악 중 중심에 자리한 숭산, 어느 산정에 너와집과 비슷한 아담한 가옥이 덩그러니 세워져 있었다.

가옥 앞 낡은 도포 차림의 노인과 구영이 마주 서 있었다.

"이만 가보겠습니다."

구영이 간단히 목례만 취했다.

"멀리 안 나가네."

"그럼."

구영은 노인과 눈을 짧게 마주치며 그 자리에서 사라졌다.

"허허—."

구영이 사라지자, 노인은 고개를 돌려 파란 하늘을 올려다보았다.

한참을 하늘을 바라보던 노인은 '아차' 하는 표정을 지으며 서둘러 부엌으로 향했다.

먼지는 없지만, 변변한 세간 살림도 보이지 않는 초라한 부엌이었다.

노인은 그나마 손때가 묻은 다기를 챙겼다.

정성스럽게 관리가 되어 있었지만, 군데군데 이가 나간 것이 그다지 볼품은 없었다.

노인은 손수 말린 찻잎을 찻주전자에 담고, 물을 따로 챙긴 후, 부엌을 나왔다.

수수한 옷차림의 노인이 향한 곳은 그저 손 가는 대로 잘라 만든 탁자였다.

의자도 그저 나무를 통으로 잘라 만든 것이었다.

투박한 탁자 위에 다기를 올려놓은 노인은 조용히 눈을 감고 시간을 바람에 흘려보냈다.

그러기를 얼마.

노인은 바람의 속삭임에 조용히 눈을 떴다.

그런 그의 눈앞에 두 명의 사내가 서 있었다.

"그대가 촉인가?"

박현은 노인을 내려다보며 물었다.

*　　　*　　　*

그 시각.

자금성.

응룡의 비처 후원에 자리한 고즈넉한 정자.

응룡과 규룡이 다과를 앞에 두고 마주 앉아 있었다.

그런 그들의 주변, 정자 아래에는 피를 뿌린 채 죽어 있는 하녀의 시신들이 너부러져 있었다.

"소식은 들었나?"

"듣기는 들었습니다만, 그 말이 사실입니까?"

규룡이 찻잔을 매만지다 응룡을 바라보며 물었다.

"구영도 직접 보지 못해 뭐라 확답할 수 없지만, 사실이 아닐까 싶어."

"흠."

"설상 아니라 하여도 말일세."

"……?"

"신과 반을 죽일 정도면, 그 존재가 무엇이든지 충분히 우리를 위협하는 놈이라는 것이지."

규룡은 고개를 주억이며 찻잔을 들었다.

"규."

응룡의 부름에 규룡은 그를 지그시 바라보았다.

냉혹할 정도로 시퍼런 눈빛을 띠고 있었다.

"우리는 용을 죽였었다. 알지?"

거부할 수 없는 목소리에 규룡은 고개를 끄덕였다.

"비록 황룡의 손을 빌렸지만, 용을 죽였었고, 그 다음 황룡도 우리 손으로 죽였어. 맞지?"

규룡은 입술을 두어 번 달싹거리려다가 입을 꾹 닫으며 고개를 끄덕였다.

"이미 했던 일이야. 그러니……."

응룡의 눈에서 살기가 줄줄 흘러나왔다.

"죽일 수 있다. 아니 죽인다. 그놈이 용이든, 아니든."

그 말이 맞다.

용에 대한 미지의 공포도 없다.

하지만 여전히 용은 무섭다.

용의 진정한 힘을 경험했으니까.

"……우리만으로 되겠습니까?"

규룡이 고민과 고민 끝에 입을 열었다.

"……."

그 물음에 응룡의 미간이 찌푸려졌다.

사실 그들이 용을 죽였다고는 하지만, 한 번도 오롯이 스스로 죽인 적이 없었다.

태고의 용은, 한국과 일본의 천외천들의 도움을 받아.

황룡은 해태의 도움을 받아 죽었다.

"그때의 우리가 아니다."

하지만 다섯도 아니었다.

"단단히 마음 먹어라."

"……?"

"짐은 그리 생각한다. 이건, 하늘이 내린 마지막 시련이라고."

"아―."

"그리고 우리가 가질 수 없었던, 정통성을 세울 수 있는 기회라는 것을."

응룡의 눈동자가 차갑게 번뜩였다.

"흠."

그 말에 틀린 건 없었다.

용들을 죽여, 스스로 용이 되었지만 무엇 하나 제 손으로 이룬 게 없어 알게 모르게 콤플렉스로 자리 잡혀 있었다.

"쉽지 않을 겁니다."

"쉽지 않아도 해야지. 이걸 이뤄내야 우리의 힘이 중원을 넘어 서방까지 다다를 수 있음이야."

규룡은 굳은 표정으로 고개를 끄덕였다.

그렇게 침묵이 다시 찾아오고, 찻잔이 차갑게 식어가자.

"이놈은, 쯧."

응룡은 덩그러니 놓여 있는 빈 의자를 흘깃 쳐다보며 혀를 찼다.

*　　*　　*

다시 그 시각.

"그대였군요."

노인, 촉룡은 박현을 잠시 올려다본 후 눈웃음을 지었다.

"허허, 허허허."

그러더니 옆에 서 있던 서기원을 보자 복잡한 감정이 묻어나오는 웃음을 터트렸다.

"먼 길 오느라 수고들 하셨소."

촉룡은 자리에서 일어나 맞은 편에 놓인 의자를 가리켰다.

"앉으시지요."

자리를 권한 촉룡은 찻주전자에 물을 채우고, 기운으로 물을 끓여 찻물을 우려 내렸다.

"먼 길이라 허나 목이 마를 리 없겠지만, 그래도 숨 한번 돌리시지요."

촉룡은 찻잔에 차를 따른 후 박현과 서기원 쪽으로 찻잔을 내밀었다.

"그리 좋은 차는 아닙니다. 그저 심심풀이로 이 약초, 저 약초 말린 것인지라."

촉룡은 마지막으로 자신의 찻잔을 채웠다.

박현은 그런 촉룡을 지그시 내려 보다 그의 맞은편에 앉았다. 그에 서기원도 엉거주춤 따라 자리를 잡고 앉았다.

"본인이 오는 걸 알고 있었군."

"홀로 이리 살아가면 쓸데없는 것에 관심을 가지게 되는 법이지요. 그렇게 낮하늘도 바라보고 밤하늘도 바라보고……."

촉룡은 하늘을 올려보다 다시 박현과 서기원을 바라보며

담담한 웃음을 지어 보였다.

"그러다 보면 남들이 보지 못하는 것도 보게 되지요."

"그래서야?"

"낮하늘에도 별이 떠 있는 건 아시지요?"

촉룡은 대답을 원하지는 않은 듯 말을 바로 이어갔다.

"제 별이 서서히 태양에 가려지더군요."

"그저 태양이 가릴 뿐, 아닌가?"

"그렇다면 그렇기도 하지요. 다만 가려지는 별은 빛이
흔들리니 문제지요."

여전히 박현이 이해하지 못하는 천문이었다.

"그리고 이분이시군요."

"……?"

"태양 속에서 그 빛을 받으며 찬란한 빛을 뿜어내기 시
작한 별이 있더군요."

"그래야?"

서기원의 물음에 촉룡이 복잡한 미소를 드러냈다.

"아쉽습니다. 그 두 개의 별을 모두 보고 싶었는데."

촉룡이 시선을 거두며 찻잔을 들었다.

두 개의 별.

아마 서기원과 조완희일 것이다.

'천문이라.'

하긴 신도 있고, 도술도 있는 세상인데.

"세상에서 가장 어두운 곳이 어디인지 아십니까?"

촉룡이 물었다.

"보통 밤이라 생각을 하지요. 하지만 아닙니다."

"그럼?"

"태양 뒤."

"태양 뒤?"

"제 별이 그 어둠 속으로 들어갔군요."

촉룡이 태양을 올려다보며 말했다.

"어둠 속에서 사멸을 하는 것일까, 아니면 고고하게 태양의 빛을 머금고 찬란하게 다시 빛을 발할 것인가?"

촉룡의 눈에서 정광 어린 안광이 터져 나왔다.

"다시 태어난다면 이 몸은 천하를 가지게 될 것입니다."

"죽으면?"

박현은 촉룡이 뿜어내는 기운을 밀어내며 반문했다.

"그러면 한낱 용이 되고 싶어 몸부림치던 이무기, 아니 그래도 용에 한 발 걸쳤으니 반룡이지요, 그것의 죽음밖에 더 있겠습니까?"

탁—

촉룡은 차를 다 마신 후 찻잔을 강단 있게 탁자에 내려놓았다.

"중국의 진짜는 자금성이 아닌 이곳에 있었군."

박현은 그런 촉룡을 지그시 바라보며 찻잔도 비웠다.

"만약에 말이오."

촉룡이 자리에서 일어나며 말했다.

"내가 그대를 죽인다면, 바로 자금성으로 갈 것이외다."

그에 맞춰 박현이 자리에서 일어나는데.

"잠시만야."

서기원이 손을 뻗어 박현을 말렸다.

"……?"

"내가 나서야."

서기원이 목을 우드득 꺾으며 자리에서 일어났다.

*　　*　　*

그 시각.

"많이 늦는군요."

규룡이 빈 의자를 바라보며 미간을 찌푸렸다.

"아무리 촉이라도……."

아무리 촉이 달리 살아간다 하여도, 응룡의 명령을 어기
지는 않는다.

무언가 이상함을 느낀 규룡이 눈을 슬쩍 치켜뜨며 응룡을 쳐다보았다.

"이상하다 여겨지지 않습니까?"

그제야 응룡도 이상함을 느낀 듯 눈매를 가늘게 만들었다.

"구영! 게 거기 있느냐!"

그러더니 정자 밖으로 소리를 지르듯 구영을 불렀다.

스르륵—

그리고 신기루처럼 구영이 땅에서 솟아오르듯 모습을 드러냈다.

"촉에게는 누가 갔느냐?"

"오두(五頭)가 갔습니다."

"어찌 되었는지 물어보라, 당장!"

응룡의 명에 구영이 눈을 반개하며 마치 혼잣말로 중얼거리듯 웅얼거렸다.

"분명 전했다 하였습니다. 그리고 알겠다는 말도 했다 하였습니다."

"그게 다더냐?"

"조금 늦을 것 같다 했다 하옵니다."

"조금 늦을 것 같다, 했다?"

"예, 폐하."

응룡의 재차 확인에 구영이 대답했다.

"큼!"

응룡은 마뜩잖은 듯 헛기침을 내뱉었다.

"쯧."

마뜩잖은 건 규룡도 매한가지인 듯 혀를 찼다.

"잠시만 기다려보지."

"예."

"게 아무도 없느냐!"

응룡은 소리를 지르듯 하녀를 불렀다.

하지만 들려와야 할 대답은 없었다.

"기분이 좋지 않다 하여 모두 죽이셨습니다."

구영의 고저 없는 목소리가 들려왔다.

"에잉!"

응룡은 영 마음에 안 드는 상황에 빈 찻잔을 손바닥으로 바스러뜨렸다.

*   *   *

스르릉—

마당 중앙으로 훌쩍 몸을 날린 촉룡은 허리춤에서 검을 뽑아들었다.

"어라야? 검이어야? 참말이어야?"

서기원은 검을 보자 눈을 동그랗게 떴다.

"이 몸은 진신보다 이 인간의 육신이, 그리고 이 검이 더 편하다오."

후우우웅—

촉룡은 기운으로 검날을 흔들어 검명을 만들어냈다.

"그래야?"

서기원도 품에서 도깨비 방망이를 꺼내들었다.

"그럼 가오."

팡!

촉룡이 서 있던 자리에서 공기가 터지며 먼지가 피어올랐다. 동시에 촉룡의 신형이 그 자리에서 사라졌다.

공간과 공간을 접는 축지는 아니었다.

서기원은 붉은 안광을 뿜어내며 사라진 것처럼 움직인 촉룡을 끝까지 놓치지 않고 몸을 왼쪽으로 틀었다.

쾅!

검과 도깨비방망이가 부딪히며 굉음이 만들어졌다.

그 파음이 얼마나 강했던지, 근처 홀로 고고하게 머리를 뻗고 있던 소나무가 파르르 몸을 떨며 잎을 떨어뜨릴 정도였다.

카가가강!

검과 도깨비방망이가 어지럽게 얽힌 뒤 둘은 동시에 멀어졌다.

"대단하십니다."

"그대도 대단해야."

촉룡과 서기원은 서로를 향해 웃음을 지었다.

하지만 서로를 바라보는 눈매는 아니었다.

둘 다 눈을 매섭게 치켜뜬 채 조금 전과는 비교도 되지 않을 정도로 무시무시한 기운이 휘몰아치기 시작했다.

서기원의 붉은 기운과 촉룡의 하늘빛 기운이 서로를 향해 달려들었고, 빈틈을 파고들며 잠식해 들어가기 시작했다.

파지직!

그러다 서로가 서로를 맞물어 힘겨루기에 들어가자 불꽃이 튀기 시작했다.

후우우우웅!

그리고 촉룡의 검에 하늘빛 기운이 서리기 시작했다.

검강.

그리고 검환.

마치 용이 여의주를 물 듯 촉룡의 기운이 검 끝에 집중되기 시작했다.

그에 맞춰.

"음트트트트트!"

서기원이 웃음을 흘리며 눈을 부릅떴다.

쏴아아아—

그러자 바닥에서 검은 점이 피어나기 시작했다.

그 안에서 끈적끈적한 저승의 기운이 스물스물 피어나기 시작했다.

좌라라라락— 척척척!

저승의 땅에서 갑옷이 한 벌 툭 튀어나오더니 서기원의 몸을 휘감듯 씌워졌다.

치우천왕의 갑옷이었다.

"그대는……."

그 갑옷을 본 촉룡이 눈을 부릅떴다.

"내가 바로, 용잽이 치우여!"

팡!

서기원의 신형이 폭발하듯 촉룡을 덮쳐갔다.

그리고, 그때.

박현의 시선이 서기원과 촉룡이 아닌 곳으로 돌아갔다.

"누구지?"

박현은 촉룡의 거처로 올라서는 구영의 하나인 오두를 바라보며 물었다.

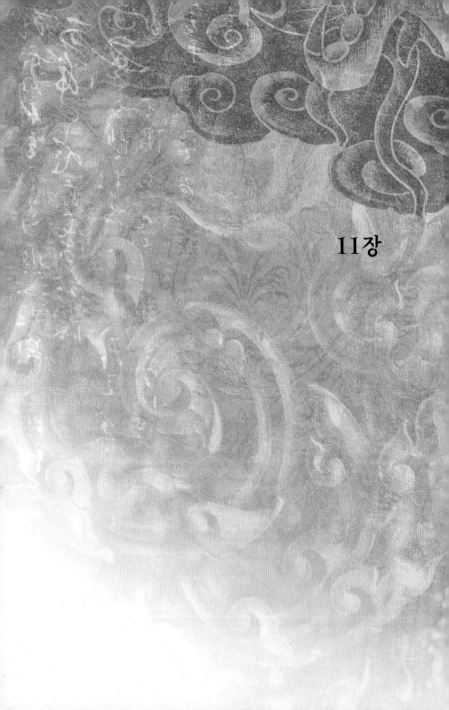

11장

일다경.

차 한 잔 마실 시간을 말한다.

그렇게 차 한 잔, 두 잔, 석 잔……

시간이 흐르고, 또 흘렀지만, 촉룡은 모습을 드러내지 않았다.

이 정도면 뭔가 이상하다는 걸 깨닫는 데 결코 부족한 시간이 아니었다.

"구영!"

응룡이 구영을 불렀다.

"예, 폐하."

언제 모습을 감췄냐는 듯 구영은 다시 정자 앞에 모습을 드러내며 대답했다.

"분명 촉이 늦는다 했더냐?"

"그렇습니다, 폐하."

응룡의 미간이 좁혀졌다.

"아무리 신선놀음에 빠져 있다 하여도 생각 없이 늦을 놈이 아닙니다."

규룡이 말을 건넸다.

그 말이 맞는지라.

"그래, 이유 없이 늦을 놈이 아니긴 하지."

응룡은 고민할 것도 없이 구영을 쳐다보았다.

"오두에게 연락을 넣어, 당장 촉에게로 가보라 하라."

"예, 폐하."

구영이 허리를 숙인 뒤, 홀로 중얼거리기 시작했다.

*   *   *

스스슥— 스슥—

마치 빙판을 미끄러지듯 산세를 빠르게 타던 또 다른 구영, 오두가 걸음을 툭 멈췄다. 그러더니 고개를 돌려 왔던 길을 되돌아보며 옅은 한숨을 내쉬었다.

"돌아가서 전하지."

오두는 다시 몸을 돌려 왔던 길을 되돌아갔다.

"후우―."

오두는 거악(巨嶽) 숭산 밑자락에서 잠시 한숨을 내쉬었다.

아무리 그가 신이라고 해도 지치지 않는 건 아니었다.

짧게 숨을 돌린 오두는 촉룡이 기거하는 곳으로 몸을 날렸다.

몇 개의 산봉우리를 오르고 올라 촉룡의 오두막이 보이는 산꼭대기에 선 오두는 다시 몸을 날리려다가 순간 흠칫 몸을 멈춰 섰다.

"……?"

묘한 기의 파장을 느낀 탓이었다.

"……!"

단순히 누군가가 내뿜은 파장이 아니었다.

거대한 힘과 힘의 부딪힘으로 만들어진 일종의 파편이었던 것이었다.

그리고 그 충돌이 일어난 곳은 바로 촉룡의 오두막이었다.

"흠."

오두는 촉룡의 오두막을 향해 몸을 날리려다 다시 걸음을 멈췄다.

"일두."

그리고 구영의 첫 번째 머리, 일두를 불렀다.

《무슨 일이지?》

"그다지 좋은 소식은 아니야."

《무슨 일이지?》

되풀이되는 고저 없는 목소리.

"촉룡의 오두막에서 기의 충돌이 있다."

《…….》

"……."

《상대는?》

"몰라."

《…….》

"휴우―, 처음 느낀 기야. 다만 그 힘이 촉과 비견될 정도야."

스으윽―

오두의 말이 끝나자, 그의 옆으로 반투명한 일두의 모습이 드러났다.

일두는 촉룡의 오두막을 빤히 쳐다보다 오두 곁으로 바투 다가섰다. 그리고 손을 뻗어 그의 어깨를 짚었다.

《흠.》

오두의 기감을 복사하듯 느낀 일두는 짧은 신음을 흘렸다.

스르륵—

그리고는 잠시 사라졌다가 다시 모습을 드러냈다.

본신으로 돌아갔다 온 모양이었다.

《가자.》

일두의 말에 오두는 그의 환영을 등에 업고 몸을 날렸다.

팍!

단걸음에 촉룡의 오두막이 있는 절벽에 도착한 오두는 마치 평지를 달리듯 절벽 위를 박차고 뛰어올랐다.

오두막 앞마당 끄트머리에 내려선 오두의 눈에 촉룡과 서기원의 모습이 들어찼다. 하지만 오두는 마치 누군가 강제로 고개를 옆으로 돌리는 것처럼 삐거덕 고개를 돌렸다.

"……!"

그곳에 한 사내가 더 있었다.

팔짱을 낀 채 자신을 쳐다보는 그와 눈이 마주치자 순간 모골이 송연해지는 느낌이었다.

'흠.'

오두는 조심스럽게 또 다른 사내, 박현을 살폈다.

느껴지는 건 아무것도 없었다.

누구든 살아 있는 존재라면 자연스레 풍기는 기운이 전혀 없었다.

마치 무생물처럼.

《흠.》

오두 뒤에서, 일두가 게슴츠레한 눈으로 박현을 천천히 훑어보며 모습을 살짝 드러냈다.

"재미난 존재군."

박현이 그런 일두를 향해 손을 뻗었다.

《흡!》

박현의 손이 정확히 일두에게로 향하자, 박현을 눈으로 품평하던 일두의 몸이 뭉개지며 박현의 손으로 빨려갔다.

《흐읍!》

일두는 그 힘에서 벗어나고자 했지만, 어림도 없었다.

"분명 귀신은 아닌데."

그 힘을 벗어날 수 없다는 걸 깨달았는지 일두는 무심한 눈으로 박현을 쳐다보고 있었다.

"닮았고."

박현은 시선을 돌려 오두를 쳐다보았다.

서걱!

박현은 오두와 눈이 마주친 순간 손날로 일두의 목을 베어버렸다.

스륵—

그러자 일두의 환영이 연기가 되어 사라졌다.

그 순간 오두의 눈썹이 꿈틀거렸다.

"고통이 느껴지는 건 아닌 거 같고."

박현은 느릿한 걸음으로 오두를 향해 걸어갔다.

"그렇다고 부리는 것도 아닌 거 같고."

적당히 거리를 좁힌 박현은 걸음을 멈췄다.

"너는 누구지?"

박현이 입꼬리를 말아올리며 물었다.

"……!"

그 웃음기가 섬뜩하게 느껴지자, 오두의 표정이 굳어졌다.

*   *   *

"흐읍!"

눈을 감고 서 있던 구영이 다급히 숨을 들이켜며 눈을 떴다.

메마른 표정이었지만, 그의 눈동자는 평소와 다르게 떨리고 있었다.

"무슨 일이냐?"

그때 응룡의 목소리가 들려왔다.

"……."

대답을 하기 위해 입을 열었지만 생각보다도 몸이 더 경직되었던지 목소리가 나오지 않았다. 해서 억지로 목과 어깨를 꺾듯 몸을 풀었다.

"무슨 일이냐고 묻지 않느냐?"

응룡의 다그침에 구영은 그를 올려다보았다.

하지만 여전히 몸이 굳어 있었기에 입이 열리지 않았다. 다만 조용히 시선을 피하며 굳은 몸을 조용히 풀어나갔다.

"이놈이."

응룡이 화를 참지 못하고 자리에서 벌떡 일어나는 것을 규룡이 말렸다.

"이유가 있는 듯합니다. 잠시 기다려 보시지요."

규룡이 잘게 몸을 풀고 있는 구영을 가리켰다.

그제야 응룡은 구영이 충격을 받았다는 것을 깨달았다.

"후우—."

잠시 후, 구영이 희미하게 숨을 내쉬었다.

"분신이 깨진 것이냐?"

응룡이 착 가라앉은 목소리로 물었다.

"예."

구영의 표정은 전과 같았지만 목소리는 조금 갈라졌다.

"무슨 일이더냐? 네 분신이 깨진 건 또 무슨 연유이고?"

"촉룡의 가옥에 낯선 자……, 크르르르르!"

응룡의 물음에 대답하던 구영이 갑자기 이빨을 드러내며 울음을 흘렸다.

차츰 살기가 짙어지는가 싶더니.

"크하아아악!"

이윽고 눈을 부릅뜨며 분노 가득한 울음을 터트렸다.

*   *   *

박현이 오두를 향해 히죽 웃자.

마치 다이너마이트와 연결된 심지에 불이 붙은 듯, 긴장감이 한순간에 끓어올랐다.

스윽—

오두의 눈은 박현의 눈을 향해 있었지만, 오두의 신경은 슬쩍 들어 올리는 박현의 발을 향해 있었다.

박현도 알았고, 오두도 알았다.

저 발.

저 발이 바닥을 디디는 순간, 싸움이 시작된다는 것을.

"크르르르르."

오두는 날카로운 이빨을 드러내고는 나직하게 울며 전의

를 드러냈다.

활짝 펼쳐진 손가락에서 손톱이 길게 자라났다.

《응룡 밑에 있는 구영이라는 놈이오. 아홉 머리를 가진 놈이지. 조금 전 신기루처럼 보인 놈은 필시 맏머리, 일두일 것이오. 저들은 따로 움직이나 서로가 서로를 본다오. 그러니 죽이려면 단숨에 죽여야 할 것이오.》

느닷없는 촉룡의 전음에 눈썹이 미세하게 흔들렸다.

무슨 이유로 알려주었을까?

아니 알려준 것이 사실일까?

한순간 머리가 복잡해졌다.

하지만.

그게 무슨 상관이랴.

'죽이려면 단숨에 죽이라.'

그럼에도 촉룡의 조언을 머릿속에 새기며 마침내 발을 앞으로 내디뎠다.

'온다!'

구영이 날카로운 손톱을 바싹 세웠다.

팟—

박현의 발이 땅에 닿는 순간 그가 눈앞에서 사라졌다.

너무 빨리 움직여 시선을 놓친 게 아니었다.

말 그대로 눈앞에서 사라졌다.

당황할 법도 하지만 구영은 재빨리 기감을 사방으로 퍼트렸다.

스스슷!

그때 등 뒤를 덮쳐오는 기운을 느끼자, 뒤도 돌아보지 않고 몸을 틀며 손톱을 휘둘렀다.

후아아아악—

구영의 손톱이 할퀴고 지나간 건 아무것도 없는 허공뿐이었다.

"컥!"

동시에 목이 턱 죄여지며 숨통이 턱 막혔다.

백초크.

일명 목조르기였다.

"크하아아악!"

인간의 육신으로는 벗어날 수 없다 여긴 구영은 울음을 터트리며 진신을 드러냈다.

지직— 지지직!

구영은 마치 뱀이 탈피를 하듯 인간의 거죽을 뚫으며 거대한 진신을 드러냈다.

그의 목에 매달린 박현은 빠르게 변하는 구영을 살폈다.

뱀도 아닌 것이, 이무기도 아니었다.

그리고 생각보다 크기가 작았다.

아마도 머리가 아홉인 놈들이 분신(分身)을 해서 그런 모양이었다.

응룡 밑에 있는 놈이라 했다.

그리고 원래 한 몸인 터라 멀리 떨어져 있어도 서로가 서로를 본다 했다.

촉룡의 말처럼.

'굳이 정체를 알려줄 필요는 없지.'

박현도 인간의 육신을 풀어 남아 있는 진신 중 백사로 변했다.

꼬리로 구영의 목을 단단히 감으며 백합의 칼날을 꺼냈다.

푹!

그리고는 구영의 뒤통수에 백합의 칼날을 꽂아 넣었다.

"크하악!"

구영은 한차례 단말마를 터트리며 바닥으로 허물어졌다.

"뱀족이었구려."

촉룡이 꼬리를 파르르 떨며 인간 상반신을 세우는 박현을 바라보았다.

"그리 보이나?"

"그리 보이오만."

"그럼 이건 어떤가?"

박현이 앞으로 몸을 숙였다.

쾅!

그 순간 거대한 발이 땅을 짓누르듯 내디뎠다.

"쿠후우우우!"

『이래도 본인이 뱀으로 보이는가?』

백우의 울음이 울렸다.

*　　*　　*

"크하아악! 크하아아악!"

구영은 목을 틱틱 꺾으며 연신 살심이 가득 담긴 울음을 터트리고, 또 터트렸다.

응룡과 규룡이 앞에 있었지만, 그의 분노는 하늘을 찔렀다.

"대장."

규룡이 그런 구영을 보며 응룡을 불렀다.

"오두가 죽은 모양이군."

응룡은 눈가를 찌푸리며 대답했다.

"크하아아악— 크하아악— 크하아— 하악!"

미친놈처럼 발악하던 구영도 시간이 지나면서 차츰 진정하기 시작했다.

"스하— 크르르."

좀 더 시간이 흐른 뒤에야 구영은 특유의 무표정을 찾을 수 있었다.

"죽었느냐?"

"……스흐."

응룡의 물음에 구영의 살기가 잠시 튀어나왔지만.

"예."

구영은 다시 감정을 감추며 대답했다.

"누구냐?"

구영은 고개를 저었다.

"보지 못했습니다."

"보지 못했다?"

"정확히는 보았으나 보지 못했습니다."

구영의 말에 응룡이 얼굴을 슬쩍 찌푸렸다.

"정확히 말하라."

"인간의 얼굴은 보았으나, 진신은 보지 못했습니다."

구체적인 보고에 응룡과 규룡의 표정이 동시에 굳어졌다.

진신을 확인할 사이도 없이 죽었다는 것은 그만큼 강자라는 의미.

구영은, 정확히 일두는 오두의 눈을 통해 본 사실을 이야기하기 시작했다.

"촉룡이 정체를 알 수 없는 자와 생사대결을 펼쳤다?"

규룡이 되물었다.

"예."

"오두를 죽인 건 그자와 함께 있던 자이고?"

"그렇습니다."

구영의 대답에 규룡이 응룡을 쳐다보았다.

"그자인 듯합니다."

"……?"

"반과 신을 죽인."

그 말에 응룡의 뺨이 꿈틀거렸다.

"촉, 그 녀석 천문을 읽지?"

응룡을 비롯해 다들 촉룡의 기행을 신선놀음이라 깎아내렸지만, 진정 우화등선을 바라며 수행을 쌓아가는 놈이 바로 촉룡이었다.

"그래서 기다린 것인가?"

응룡이 물었지만 규룡은 대답할 수 없었다.

"저기, 대장."

무언가 생각이 떠오른 듯 규룡은 눈빛을 반짝였다.

"뭐지?"

"무슨 연유인지 모르나……, 촉룡이 그들과 생사대결을 펼친다 했습니다. 맞나?"

규룡이 고개를 돌려 구영에게 재차 확인했다.

"예."

대답을 들은 규룡이 다시 응룡을 쳐다보았다.

"그래서?"

"촉은 대장을 제외하고는 가장 강하죠."

그 말에 응룡의 눈빛이 번뜩였다.

"적어도 둘 중 하나는 죽었을 겁니다. 그리고 나머지 하나, 구영의 오두를 죽인 놈은 어찌 되었을지 모르겠군요."

"만약 둘이 동시에 덤볐다면?"

"그래도 어느 정도 타격을 받지 않았을까요?"

일리가 있었다.

"너는 그놈을 용이라 생각하는구나."

규룡은 고개를 끄덕였다.

"확률이 가장 높습니다."

"그러고 보니."

둘 대화 사이로 구영이 말이 끼어들었다.

"착각이 아니라면……."

구영도 확실하지는 않은지 말을 아끼는 모습이었다.

"말하라."

"오구의 목을 휘감은 것이 언뜻 햇빛에 반짝였습니다."

"그런데?"

"그 빛이 쪼개졌었습니다."

"비늘이로군."

응룡은 눈빛을 반짝이며 규룡을 쳐다보았다.

"네 생각이 맞는 거 같구나."

"어쩌시렵니까?"

규룡이 물었다.

"네 생각과 같다."

응룡의 대답에 규룡의 입꼬리가 말려 올라갔다.

*　　　*　　　*

"크르르르르!"

백호의 울음에 촉룡은 멈칫 뒷걸음질 쳤다.

처음에는 뱀.

그 후 한 걸음에 백우.

다시 한 걸음에 사슴, 매, 낙타…….

그리고 마지막으로 호랑이.

걸음걸음마다 그 형상이 바뀌었다.

"……!"

그 형상을 읽던 촉룡의 눈이 부릅떠졌다.

"서, 설마."

화등잔처럼 떠진 눈 사이로 눈동자가 파르르 떨렸다.

"용이십니까?"

"그리 보이나?"

박현이 물었다.

"보보(步步)에 아홉의 형상."

촉룡은 긴장한 듯 저도 모르게 마른 침을 삼켰다.

"황제의 핏줄이시오?"

"황제?"

박현이 고개를 갸웃거리며 물었다.

"이 땅의 주인이셨던, 황룡 말입니다."

"그리 본 이유는?"

촉룡은 턱으로 박현의 눈을 가리켰다.

"황금빛 안광."

"오해할 만하군. 하지만 아니야."

스윽!

박현이 발을 한 걸음 내딛자 그 모습이 사라졌다.

그리고 다시 모습을 드러낸 건 바로 촉룡의 눈앞이었다.

"흡."

촉룡은 헛바람을 들이켜며 뒤로 한 걸음 물러났다.

단순히 박현이 눈앞에 얼굴을 내밀어서가 아니었다.

그가 내뿜는 황금빛 안광이 가진 위압감 때문이었다.

자칫 그 위압감에 눌려 무릎을 꿇을까 싶어 차라리 뒤로 물러난 것이었다.

"촉."

하지만 박현은 그가 뒤로 물러난 그 거리만큼, 한 걸음 내디뎌 거리를 유지했다.

"……."

"애석하게도 본인은 용이 아니다."

"……예, 예?"

무슨 소리를 하려는가 싶었는데, 용이 아니란다.

자신을 가지고 노는가 싶었는데, 눈빛을 보니 아닌 모양이었다.

"촉. 그대는 왠지 알 것 같아서 말이야."

"……무엇을 말입니까?"

"태양에서 살며."

"……?"

"용을 먹고 살아가는 신."

"흡!"

촉룡의 눈이 부릅떠졌다.

"서, 설마!"

"역시 그대는 아는군."

박현은 비릿하게 웃으며 다급히 뒤로 물러나는 촉룡의 멱살을 잡았다.

그리고 눈앞으로 잡아당겼다.

"본인이 그런 존재라는데, 알려주겠나?"

"미, 믿을 수 없습니다."

"믿건 말건, 그 신의 이름만 말해."

박현은 협박하듯 촉을 다그쳤다.

"삼족오."

"삼족오?"

"하지만! 그는 이미 죽었⋯⋯."

＊　　＊　　＊

숭산 초입.

세 명의 사내.

응룡, 규룡, 구영이 조용히 내려섰다.

"오셨습니까?"

"오셨습니까?"

"오셨습니까?"

구영, 일두와 똑같이 생긴 일곱이 응룡을 보며 허리를 숙였다.

"그놈들은?"

"아직 촉의 오두막을 벗어나지 않았습니다."

그들 뒤로 거구의 사내 둘이 모습을 드러냈다.

"누구?"

응룡이 거구의 사내들을 보며 물었다.

"강철이라 합니다."

"거구귀라 합니다."

강철이는 적당히, 거구귀는 제법 깊게 허리를 숙였다.

"누구?"

응룡이 묻자.

"동이 출신입니다."

"아아!"

구영의 답에 응룡은 알겠다는 듯 고개를 끄덕였다.

"재미난 수하들을 데리고 있다 하지 않았던가?"

"이수약우로 이들과 같은 동이 출신입니다."

"그렇군."

응룡이 고개를 끄덕이며 강철이의 어깨를 툭 두들겼다.

"혹시 촉과 함께 있는 이들이 누군지, 그대는 아는가?"

응룡이 혹시나 해서 물었다.

"접근하지 말고 포위만 하라 하여 확인을 하지 못했습니다."

강철이의 대답에 응룡은 구영을 슬쩍 쳐다보았다.

"그렇군."

응룡은 강철이의 어깨를 한 번 더 툭 두들기며 앞으로 걸음을 내디뎠다.

"가자!"

"예."

응룡을 선두로, 규룡, 구영, 강철이와 거구귀가 일제히 몸을 날렸다.

*   *   *

"삼족오."

박현이 촉룡을 지그시 바라보며 말했다.

"죽었소. 삼족오는 분명 죽었는데."

"내 어머니가 삼족오인가?"

"어머니?"

순간 촉이 의아한 목소리로 되물었다.

"그럴 리 없소. 삼족오는 오직 한 세상에 하나만 존재하니까."

"무성(無性)인가?"

세상에 단 하나.

그 말은 짝이 없다는 뜻이었다.

촉룡이 고개를 저었다.

"특이하게 무녀를 통해 아이를 낳는다 들었소."

"무녀라."

얼굴도 알지 못하는, 자신을 낳자마자 돌아가신 자신의 친모를 떠올렸다.

하지만, 자신에게 분명 용의 피가 흐르지 않던가.

아니 피가 흐르는 게 맞나?

"용이 용을 먹나?"

박현의 물음에 촉룡은 고개를 저었다.

역시나.

아니었다.

분명, 할머니인 안순자가 말했다.

용을 먹으라고.

하지만 용은 용을 먹지 않는다.

'설마!'

박현이 눈을 부릅떴다.

자신의 이면, 그리고 거울 앞.

용을 구성하는 아홉의 신과 하나의 검은 실루엣.

그리고.

반룡과 신룡을 먹은 후, 사라진 둘.

토끼와 잉어.

그 순간 알았다.

사라진 게 아니라, 검은 실루엣이 잡아먹었음을.

'내가 용이 아니라면…… 어찌 용을.'

용을 잡아먹는 유일한 신, 삼족오.

자신이 삼족오라면.

'고려의 상징.'

조선이 들어서며 봉황이 한반도의 지배자가 되었으니, 죽은 지 족히 수백 년은 되었으리라.

시대를 뛰어넘은 출생이었다.

방법은 알 수 없으나 흡사 정자은행의 냉동정자를 이용한 것처럼 자신을 태어나게 했으리라.

'음?'

정자를 떠올리니 별안간 난자가 떠올랐다.

정자와 난자의 결합.

정확히는 결합의 형태였다.

좋게 말하면 결합.

하지만 지금 떠올린 건.

기생(寄生).

불안전한 탄생.
그래서 부족함을 다른 것으로 채운다.
그게 바로 용.

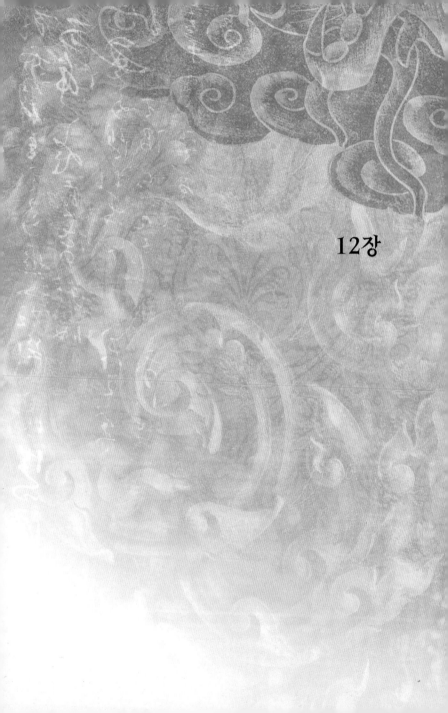

12장

하여.
나는 불완전한 모습의 용이였던가?

파장창창창—

그걸 깨닫자.
무언가가 깨졌다.
그건 자신을 둘러싼 껍질일까?
내면의 거울일까?
아니면, 둘 다일까?

쏴아아아아—

껍질이든, 내면의 거울이든.
깨어지긴 깨어진 것이 확실했다.
박현의 몸에 황금빛 기운이 맺히기 시작했다.

＊　　　＊　　　＊

촉룡은 박현이 내뿜는 황금빛 기운을 피해 뒤로 물러났다.
그리고는 고개를 들어 하늘에 떠 있는 태양을 올려다보았다.
　박현의 몸에서 뿜어져 나오는 그 빛과 똑같은 빛을 바라
보았다.
　눈이 시릴 법도 하건만.
　촉룡은 그저 태양을 올려다보았다.
　"그 태양이 이 태양일 줄이야."
　촉룡은 이내 허무한 웃음을 터트렸다.
　"허허, 허허허."
　그렇게 웃던 촉룡이 미간을 찌푸리며 산정 아래로 시선
을 내렸다.
　"밝은 빛이 세상을 끌어당긴다더니."

촉룡은 자신의 오두막을 서서히 감싸는 기운을 느꼈다.

"어라리어야."

그 기운을 느낀 서기원이 도깨비방망이를 허공에 한 번 붕 휘두르며 촉룡을 노려보았다.

"내가 아닙니다."

"그러면야?"

"응인 듯하군요."

촉룡은 응룡의 수하인 구영이 다녀갔음을 떠올렸다.

"응?"

"응룡."

"아아—, 그 응."

서기원은 고개를 끄덕이며 소매를 걷으며 오두막 아래를 내려다보았다.

그러면서 고개를 옆으로 돌렸다.

"근데 말이어야."

서기원은 어깨를 나란히 한 채 자신과 함께 산정 아래를 내려다보는 촉룡을 가느다랗게 뜬 눈으로 쳐다보았다.

"네."

"왜 나랑 서 있어야?"

서기원은 촉룡이 움켜쥔 검을 눈으로 가리키며 물었다.

"누가 보면 우리가 같은 편이라 보겠어야."

"그렇군요."

촉룡이 머쓱한 웃음을 보였다.

"음……, 뭐라고 대답을 해야 하나."

촉룡은 손가락으로 뺨을 긁었다.

"뭐 일단 적의 적은 동료라고 하시지요."

"어라리어야? 말이어야, 방구어야."

서기원은 어처구니가 없다는 듯 촉룡을 쳐다보았다.

"후우―."

그 사이 긴 숨을 내쉬며 박현이 눈을 떴다.

"촉."

"말씀하시지요."

"그대가 왜 우화등선을 하지 못했는지 알겠군."

"모든 걸 내려놓았지만, 딱 하나 내려놓지 못하더군요."

촉은 온화한 웃음을 지어 보였다.

"가진 걸 내려놓으면 놓을수록 단 하나의 욕망은 커져 갔습니다."

온화하고 담담한, 마치 신선처럼 보이는 그의 모습과 달리 그의 눈빛은 매우 강렬해져 갔다.

"슬슬 포기하려 했었습니다."

"했었다?"

"그러다 태양을 보았지요. 나를 집어삼키는 태양."

촉룡은 고개를 들어 하늘을 올려다보았다.

"그리고 보았습니다. 태양 뒤에 빛나는 별들을."

촉룡은 박현을 쳐다보았다.

"그리고 알았지요. 태양을 이겨내면 무엇보다 찬란하게 빛날 수 있음을."

"본인의 빛 아래서 살아가고 싶다?"

"물론 그 전에 검 한번 마주해 보고 싶습니다."

"욕심이 크군."

박현의 눈매가 가늘어졌다.

"한 번. 단 한 번, 욕심을 내어보고 싶습니다."

"그러다 죽어."

박현의 눈에서 황금빛 기운이 스물스물 피어났다.

"큽!"

그 기운이 촉룡의 몸을 휘감자, 촉룡은 몸을 부르르 떨었다.

황금빛 기운에는 그 어떤 살기도 없었다.

그럼에도 촉룡은 몸을 바르르 떨며 몸을 웅크렸다.

본능.

본능 때문이었다.

포식자 앞에 선 먹잇감이 가지는 원초적 공포가 그의 몸을 굳게 만든 것이었다.

"크으으."

촉룡은 그 공포에서 벗어나기 위해 안간힘을 쓰며 핏발이 선 눈으로 박현을 올려다보았다.

박현은 그런 촉룡을 무심한 눈으로 내려다보았다.

그 순간 촉룡은 느꼈다.

박현은, 아직 껍질을 깨지 못한 삼족오는 그 어떤 도전도 용서하지 않음을 말이다.

촉룡은 고개를 아래로 떨어뜨렸다.

쿵.

그리고 무릎을 꿇었다.

결국 박현의 권위에 허리를 숙인 것이었다.

하지만.

"스윽—, 스윽—."

고개 숙인 촉룡은 거친 숨을 내쉬며 눈을 천천히 떴다.

시간이 얼마 없었다.

응룡이 오기 전까지.

그리고.

'아직 부화하지 못한 저 삼족오가 껍질을 깨기 전에.'

쿵!

촉룡은 양손을 바닥에 대며 엎드렸다.

'죽여.'

검을 꾹 움켜잡았다.

'그 피를 취하면⋯⋯.'

"스윽―, 흐읍!"

촉룡은 느리게, 느리게 숨을 들이켰다.

'천하가 내 발 아래에 놓인다!'

내리깐 눈에서 시퍼런 안광을 터트리며, 촉룡은 빛살처럼 몸을 일으키며 검을 들었다.

투웅―!

촉룡은 검 끝에 검환이 맺혔다.

그저 검강의 응집이 만들어낸 검환이 아니었다.

그 검환에는 오로시 여의주의 힘이 담겨 있었다.

아니 여의주를 고스란히 옮겨 만들어낸 검환이었다.

촉룡의 모든 것.

동시에 그의 생명이며, 그 생명을 담보로 박현을 죽이고자 한 것이었다.

그렇게 촉룡은 여의주의 힘이 담긴 검환을 박현을 향해 쏘아보냈다.

쑤아아아아앙―

여의주의 검환이 빛살처럼 박현의 목 지척으로 파고들자.

'죽일 수 있다!'

촉룡의 눈에 욕망이 가득한 희열이 들어찼다.

꾸욱—

촉룡은 손에 힘을 줘 검자루를 움켜쥐며, 여의주의 검환의 뒤를 따라 몸을 날렸다.

"……!"

아니 날리려 했다.

날아간 건 그의 의식일 뿐, 몸은 석상처럼 굳어져 버렸다.

왜냐하면 박현이 가벼운 손짓으로 여의주를 움켜잡았기 때문이었다.

그뿐만이 아니었다.

그의 손에 잡힌 여의주의 검환은 얼음이 녹듯 녹아내렸고, 녹아내린 여의주는, 여의주의 힘은, 자신의 모든 것이라 할 수 있는 그 힘이 녹아내리는 즉시 박현의 몸으로 스며들었기 때문이었다.

"아, 안 돼!"

공포도 잊을 만큼 충격적인 장면에 촉룡은 이성을 잃고 말았다.

기운을 잃은 촉룡은 엉성한 힘으로 박현에게 달려들었다.

턱!

박현은 달려드는 촉룡의 목을 그대로 움켜잡았다.

"사, 살려……."

콰직!

박현은 일말의 자비도 없이 촉룡의 목을 단숨에 부러트렸다.

툭—

박현은 죽은 촉룡을 바닥에 던지며 촉룡의 여의주를 마저 흡수했다.

쩡— 쩡— 쩡!

박현의 몸에서 단단한 울림이 울렸고, 그 소리에 맞춰 박현의 몸이 툭툭 튕기기 시작했다.

"크르르르르."

상당히 고통스러웠던 듯 박현은 몸을 웅크리며 울음을 토해냈다.

쩡— 쩡— 쩌정— 쩌저정!

박현의 몸이 튕길 때마다 그의 몸에서 황금빛 기운이 툭툭 튀어나왔다.

그런 기운들은 회오리치듯 박현의 몸을 휘감았다.

동시에 그 기운들 역시 울림에 맞춰 자맥질하듯 부풀어 올랐다가 가라앉기를 반복했다.

쩌엉!

큰 울림을 끝으로 황금빛 기운은 쪼그라들며 단단한 알처럼 박현의 몸을 꽁꽁 끌어안았다.

"크르르르!"

그 안에서 박현은 어금니를 드러낸 채 고개를 들어 올리며 몸을 일으켰다.

쩌저적—

마치 알이 깨지듯 황금빛 기운이 쩍쩍 갈라지기 시작했다.

"꺄하아아아아!"

박현이 몸을 폭발시키듯 일으키자.

콰앙!

그를 둘러싼 황금빛 기운도 터졌다.

사방으로 비산한 황금빛 기운은 박현의 몸을 부드럽게 휘감아 허공으로 날아올랐다.

그리고 황금빛 기운은 천천히 펼쳐졌다.

그렇게 펼쳐진 건, 황금빛 날개였다.

"캬르르르."

박현은 거대한 날개를 펄럭이며 천천히 눈을 뜨고는 한 곳을 쳐다보았다.

빠르게 다가오는 무리들 중, 두 개의 용의 기운.

박현은 그 기운을 느끼며 히죽 입꼬리를 말아 올렸다.

"쿠후우우―."

"쿠르르르!"

묵직한 울음과 함께.

쿵― 쿵― 쿠웅!

깎아지른 절벽 위로 커다란 발이 찍히듯 올라왔다.

그렇게 모습을 드러낸 이들은 바로, 이수약우였다.

"흐음?"

박현은 오두막을 둘러싼 그들을 보며 묘한 침음을 삼켰다.

대략 200평쯤 되는 산정에 50여쯤 되는 이수약우들이

에워싸자 제법 빽빽하게 느껴졌다.

"으메! 이게 누구여야?"

그들을 본 서기원도 깜짝 놀란 듯 소리를 냈다.

"이야, 반가워야. 다들!"

서기원은 이수약우들을 향해 반갑게 손을 저으며 인사했

다.

"쿠후우―."

"쿠후―."

서기원과 박현을 본 이수약우들은 눈을 화등잔처럼 부릅

뜨며 동요하는 모습이 역력했다.

박현은 적잖게 동요하는 이수약우에게서 시선을 떼고 하늘로 고개를 들어올렸다.

열두 개의 그림자, 응룡과 규룡을 선두로, 구영과 강철이, 거구귀가 빠르게 날아와 마당 중앙에 내려섰다.

"헛!"

박현을 본 거구귀는 눈을 몇 번 껌뻑이더니 헛바람을 들이켰다. 그리고는 고개를 휙 돌려 강철이를 쳐다보았다.

"……."

강철이 역시 적잖게 당황한 기색이 역력했다.

"……주군."

거구귀가 그런 강철이를 조용히 불렀다.

"허허."

강철이는 이내 허탈한 웃음을 터트렸다.

"구영."

강철이는 구영을 불렀다.

"무슨 일이지?"

구영 중 하나가 대답했다.

"미안하지만 우리는 물러나겠소."

"뭐라?"

그 말을 들은 구영 중 하나가 눈을 부라리며 목소리를 키웠다.

"이유는?"

하지만 또 다른 구영이 그를 제지하며 고저 없는 목소리로 물었다.

강철이는 눈빛으로 박현을 가리켰다.

"아는 사이인가?"

구영의 눈빛이 싸늘하게 식었다.

"아는 사이이기는 하지."

강철이는 그 사이 박현을 힐긋 쳐다보며 그도 모르게 미간을 슬쩍 찌푸렸다.

"좋은 사이는 아닌 모양이군."

"나쁜 인연도 아니었소."

강철이는 더는 대화할 이유가 없다는 듯 뒤로 한 걸음 물러났다.

"모두 물러난다!"

그 마음을 알아차린 거구귀가 큰 소리로 명을 내리자, 이수약우들은 조용히 뒤로 물러났다.

"은혜를 이렇게 갚는 건가?"

"은혜라. 우리는 주고받는 사이가 아니었나?"

강철이는 히죽 웃었다.

"죽고 싶은 모양이군."

"글쎄……."

구영이 재차 입을 열려는 그때.

"구영."

응룡이 구영을 불렀다.

"언제든지 죽일 수 있느니라."

"후후후."

응룡의 싸늘한 시선에도 강철이는 여유로운 미소를 지으며 뒤로 물러났다.

그 걸음에 맞춰 이수약우와 거구귀가 절벽 아래로 사라졌다.

"밑에서 기다리지."

강철이는 박현에게 말을 건넨 후 절벽 아래로 모습을 감췄다.

"훗."

박현은 강철이와 짧게 눈을 마주치며 웃음을 내뱉고는 다시 마주 선 이들을 향해 시선을 옮겼다.

응룡과 규룡, 그리고 여덟의 구영.

"네가 바로 그 용인가?"

응룡은 오만한 표정을 지으며 물었다.

"본인이……."

박현이 느릿하게 대답하며 응룡 앞으로 바투 다가섰다.

"용으로 보이는가?"

박현이 그의 얼굴 바로 앞에서 히죽 웃음을 지어 보였다.

갑자기 다가온 터라 응룡이 주춤 뒤로 물러나려다가 멈췄다.

그리고는 다시 몸을 바로 세우며 박현의 눈을 바라보았다.

황금빛 안광.

그래서 그가 황룡이 남겨둔 안배, 그의 핏줄이라 여겼었다.

그런데 느낌이 묘했다.

얼핏 동류인 듯 느껴지지만, 그 안에서 이질적인 무언가가 느껴졌다.

'뭐지?'

용이라 여겼는데.

"……!"

그리고 응룡의 눈이 살짝 커졌다가 얇게 가늘어졌다.

이질적인 느낌.

그건 바로 저 황금빛 안광이었다.

황룡의 것이라 믿어 의심치 않았던, 그 빛이 바로 자신과 다른 이질적인 것이었다.

"너는……."

응룡이 입을 열었다.

그리고 물으려 했었다.

'용이냐고? 아니 용이 아닌 너는 무엇이냐고?'

하지만 그 물음을 채 다 내뱉지 못했다.

"컥!"

박현이 손을 뻗어 그의 목울대를 움켜잡았기 때문이었다.

응룡이 재빨리 손을 뻗어 박현의 팔뚝을 잡았지만, 이미 그의 몸은 허공에 붕 떠오른 뒤였다.

콰앙!

주변이 부르르 떨릴 정도로 응룡을 강하게 바닥에 내리꽂은 박현이 그를 지그시 내려다보며 입을 열었다.

"그대는 본인이 용으로 보이는가?"

"……너는 누구냐?"

그 물음에 대답이라도 하는 듯 박현은 히죽 웃었다.

그런 그의 등 뒤로 황금빛 기운이 나풀나풀 피어나며 하나의 형상을 만들어냈다.

정확히는 한 쌍.

좌우로 활짝 펼쳐진 황금빛 날개가 박현의 등 뒤에 활짝 펼쳐졌다.

"스하아악!"

그 순간, 구영의 팔두가 진신을 드러내며 박현의 등을 덮쳤다.

콱!

거대한 뱀처럼, 또 이무기처럼 생긴 팔두가 박현의 상체를 깨무는 순간.

팟—

박현의 신형이 그 자리에서 사라졌다.

눈앞에서 박현이 사라지자, 팔두는 순간 당황해 정신을 차리지 못할 때였다.

"위다! 팔두, 위!"

구영 중 하나가 외쳤다.

"크르르!"

팔두는 거대한 몸으로 응룡을 보호하는 동시에 재빨리 몸을 비틀며 하늘을 올려다보았다.

그의 머리 위에 황금빛 날개를 활짝 펼친 박현이 떠 있었다.

눈이 마주친 순간, 박현은 날개를 접으며 벼락처럼 팔두의 머리 위로 툭 떨어졌다.

"스하아악!"

그때 또 다른 울음이 박현을 덮쳤다.

또 다른 구영, 칠두(七頭)가 뱀이 먹이를 낚아채듯 단숨에 박현을 집어삼킨 것이었다.

그렇게 박현을 입에 문 칠두는 목울대를 꿀렁이며 한입에 꿀떡 삼켰다.

"스흐으으!"

칠두는 몸통을 꼬아 똬리를 틀며 머리를 바싹 세웠다.

"스하아아—, 아—, 아!"

그리고 승리의 포효를 내뱉었지만, 그 포효는 이내 이어지지 못하고 툭툭 끊기기 시작했다.

저적— 저저적!

목울대가 몇 번 자맥질을 하더니 목에 붉은 선들이 피어났다.

푸학!

잠시 후, 붉은 선들이 터지며, 그렇게 잘린 칠두의 머리가 바닥으로 툭 떨어졌다.

쿵!

잘린 목이 떨어져 나간 몸통은 짧게 경련을 일으키며 바닥으로 쓰러졌다.

"크르르르르!"

잘린 목에서 발톱을 세운 백호가 울음을 흘리며 몸을 일으켰다.

"⋯⋯!"

일두의 눈이 부릅떠졌다가 가늘어졌다.

칠두가 죽어서가 아니었다.

칠두를 죽인 자의 모습 때문이었다.

"크르르르르!"

백호.

처음에는 용일 것이라 여겼다.

그런데 용이 아니었다.

날개를 가졌기에 새의 일족이 아닐까 예상했었는데.

칠두의 목을 갈기갈기 찢으며 나온 건, 전혀 예상치 못한 백호였기 때문이었다.

《삼두(三頭)!》

일두는 재빨리 냉정을 되찾으며 백호, 박현 앞에 있는 삼두의 이름을 불렀다.

"스하아아아악!"

그에 삼두는 진신을 드러내며 거칠게 바닥을 기어 박현을 덮쳐갔다.

"크하아앙!"

박현은 우악스럽게 밀고 들어오는 삼두의 공격을 피해 허공으로 몸을 날렸다.

삼두는 그 움직임을 쫓아 머리를 바싹 치켜세웠다.

"……!"

박현의 움직임을 쫓아 머리를 세운 삼두의 눈동자가 순간 흔들렸다.

팡—

허공으로 뛰어올랐던 백호가 갑자기 날개를 활짝 펼치더
니 날렵한 제비처럼 하늘로 치솟아 오르는 게 아닌가.

그렇게 하늘로 날아오른 백호는 눈이 어지러울 정도로
빠르게 날더니 삼두의 뒷덜미를 발로 낚아챈 것이었다.

'백응(白鷹)?'

날개가 거짓이 아니라는 듯, 삼두의 머리를 낚아채 다시
하늘로 날아오른 건 흰 독수리였다.

"샤하아아— 아악— 아악!"

삼두는 흰 독수리에 의해 하늘에서 갈기갈기 찢겨 바닥
으로 툭 떨어졌다.

일두를 비롯해 다른 구영들이 어찌해볼 사이도 없이 흰
독수리는 삼두를 저 높은 하늘로 끌고 올라가 발톱과 부리
로 찢어 죽여버린 것이었다.

"스스스스—."

구영은 끓어오르는 살심에 뱀 특유의 쇳소리를 흘렸다.

삼두, 오두, 칠두.

자기 자신이며, 형제이며, 아들들이기도 한 그들의 죽음
에 일두는 냉정함이 깨진 것이었다.

《일두.》

그런 머릿속에 응룡의 전음이 들려왔다.

《둘을 더 보내보라.》

응룡의 명.

구영은 입술을 슬쩍 베어물며 형제들에게 명을 내렸다.

《이(二), 팔(八)!》

단순히 이름을 부른 것뿐이었지만, 둘은 일두의 뜻을 정확히 읽으며 박현을 향해 몸을 날렸다.

그 시작은 이두였다.

이두는 용수철처럼 몸을 튕겨 허공에 떠 있는 박현을 물어갔다.

그에 박현은 표홀한 날갯짓으로 땅을 스치듯 이두의 공격을 피했다.

"스하아아아악!"

그 순간, 기회를 엿보던 팔두가 낮게 날아가는 박현을 향해 꼬리를 휘둘렀다.

콰앙!

박현과 팔두의 꼬리가 부딪히자 묵직한 파음이 만들어졌다.

생각보다 강한 충격에, 팔두는 순간 의아함이 떠올랐지만 그 생각을 이어가지 않았다. 이번에는 놓치지 않겠다는 결의로 더욱 거칠게 꼬리를 꼬아 박현의 몸을 칭칭 에워쌌다.

"스흐으으."

흡사 고치처럼, 꼬리로 박현의 몸을 완벽하게 감싼 팔두는 승리감을 내비쳤다.

제아무리 날렵한 흰 독수리일지라도 어디까지나 하늘에서지, 땅에서는 아니었다.

더욱이 쇳덩이도 찰흙처럼 뭉갤 수 있는 힘을, 고작 흰 독수리가 벗어날 수는 없는 법.

《팔두! 그 녀석은 백호이기도 하다!》

일두의 목소리가 들렸다.

그 목소리에 일견 '아차!' 하는 마음도 들었지만, 백호라도 별반 다르지 않을 것이라 여겼다.

호랑이도 터트려 죽이는 게 뱀의 힘이 아닌가.

"스하악!"

팔두는 기합을 지르듯 울음을 터트리며, 박현을 감싼 몸통을 한순간 조였다.

두둑— 두두둑—

팔두의 몸통이 꽉 죄여지자 뼈마디가 뒤틀리고 부러지는 소리가 만들어지기 시작했다.

『크크크크.』

팔두는 득의양양한 웃음을 터트리며 더욱 힘을 줬다.

콰득— 콰직!

그러자 뼈가 으깨지는 소리가 만들어졌다.

《팔두!》

그때 일두의 일갈이 터졌다.

"……?"

그에 팔두는 왜 그러냐는 듯 일두를 쳐다보았다.

동시에 그와 함께 나섰던 이두가 기어가 팔두를 뒤로 잡아당겼다.

"……?"

팔두는 의아한 눈으로 이두를 쳐다보았다.

그리고 그 순간, 일두를 비롯해 구두까지 형제들의 기억과 생각이 머릿속으로 물밀 듯 밀려들어 왔다.

"……!"

팔두는 이두에 의해 뒤로 질질 끌려가며 떨리는 눈으로 자신의 몸을 내려다보았다.

꼬리 끝부분은 찢겨 있었고, 몸통은 뼈란 뼈는 다 부러진 듯 너덜너덜해져 있었다.

길게 이어진 자신의 핏자국을 따라 시선을 들어올리자, 찢겨진 자신의 꼬리가 바닥에서 꿈틀거리고 있었다.

"쿠후우우—."

그리고 꼬리 사이로 울음이 흘러나왔다.

그 울음은 흰독수리의 것도, 백호의 것도 아니었다.

촤작!

거대한 몸집을 가진 하얀 그림자가, 팔두의 떨어져나간 꼬리를 갈기갈기 찢으며 모습을 드러냈다.

백우.

"쿠허어어어!"

새하얀 소였다.

'……배, 백우?'

너무나도 당황한 나머지 일두는 생각을 입 밖으로 내뱉지도 못했다.

그러는 사이.

쿵쿵쿵쿵쿵—

백우는 이두와 팔두를 향해 거칠게 뛰어나갔다.

일두는 입술을 질끈 깨물며 전음을 날렸다.

《이!》

그 명에 이두는 순간 눈빛이 흔들렸지만, 독기 어린 눈빛을 띠며 팔두를 백우에게로 던졌다.

애초에 한몸이었기에 팔두 또한 일두의 생각을 읽었다.

"스하아아악!"

팔두는 기꺼이 자신의 목숨을 내놓았다.

또 다른 자기 자신을 위해.

팔두는 반만 남은 몸으로 발악하듯 박현을 막아갔다.

하지만.

그런 팔두 앞으로 달려오는 건 백우가 아니었다.

"크하아아앙!"

백호였다.

날카로운 발톱을 세운 백호는 단숨에 팔두의 몸을 갈기 갈기 찢어버리며 일두를 쳐다보았다.

"스하아아아악!"

"스하아아아악!"

"스하아아아악!"

그에 이두, 사두, 육두, 구두가 박현을 향해 울음을 토해 냈다.

"스츠츠츠츠."

그리고 일두가 인간을 육신을 찢으며 진신을 드러냈다.

일두의 모습은 다른 구영과 달랐다.

다른 구영들이 그저 이무기와 뱀의 중간쯤의 모습이라면, 일두는 서양의 용, 드래곤과 비슷한 몸을 가지고 있었다.

다만 차이라면 그저 목이 뱀처럼 길다는 것뿐이었다.

일두가 진신을 드러내자, 나머지 구영들이 일두의 몸에 엉겨 붙으며 한 몸이 되었다.

"스하아아아악!"

"스하아아아악!"

"스하아아아악!"

그리고는 박현을 향해 울음을 터트렸다.

『네놈은 도대체 무엇이냐?』

『네놈은 도대체 무엇이냐?』

『네놈은 도대체 무엇이냐?』

거대한 몸집을 드러낸 구영의 다섯 머리는 박현을 내려다보며 물었다.

『본인?』

박현은 다섯 머리 중 중앙에 있는 머리를 보며 히죽 웃었다.

『맞춰 봐. 본인이 무엇인지..』

펄럭!

박현은 날개를 활짝 펼치며 하늘로 날아올랐다.

태양을 스치듯 높이 날아올랐던 박현이 다시 구영 앞으로 뚝 떨어지듯 모습을 드러냈다.

그리고 울음을 터트렸다.

『꺄하아아악!』

그렇게 모습을 드러낸 진신은, 흑응(黑鷹).

검은 독수리였다.

13장

　황금빛을 두른 검은 독수리, 박현은 거대한 다섯 머리, 구영을 내려다보며 물었다.

『그래, 본인은 무엇인 거 같은가?"

　그에.

『네놈은 도대체 무엇이냐?』

『네놈은 도대체 무엇이냐?』

『네놈은 도대체 무엇이냐?』

　구영은 박현을 올려다보며 다시 물을 수밖에 없었다.

『훗!』

　박현은 대답 대신 짧은 조소를 날리며 날개를 활짝 펼쳤다가 접으며 빠르게 구영을 향해 뚝 떨어졌다.

"스하아아악!"

"스하아아악!"

"스하아아악!"

구영의 다섯 머리는 박현의 공격에 울음을 터트리며 그물망처럼 펼쳐졌다.

일두는 박현의 목을, 다른 머리들은 날개와 다리 등을 집요하게 노렸다.

그리고 다섯 머리 중 둘이 뱀처럼 긴 목을 이용해 박현의 날개 하나와 다리 하나를 에워쌀 수 있었다.

그렇게 순간 올가미에 걸린 것처럼 박현의 몸이 포박되자.

"스하악!"

나머지 세 머리가 박현의 목을 비롯해 몸을 노리며 이빨을 들이밀었다.

콱— 콱— 콱!

그리고 세 개의 이빨이 박현의 몸에 틀어박히려는 그때였다.

윤기 흐르는 묵빛 깃털이 사라지고 미끌미끌한 검은 피부가 드러났다.

그리고 구영의 두 머리에 단단히 묶여 있던 단단한 골격은 흐물흐물 녹아내리듯 부드럽게 변했다.

스르륵!

매끈하게 변한 몸은 구영의 목과 목을 타고 등 뒤로 올라
갔다.

"……!"

"……!"

"……!"

놀란 나머지 구영의 다섯 머리가 눈을 부릅뜨며 재빨리
등 뒤로 고개를 돌렸다.

거기에는 묵빛 뱀이 있었다.

"스하아아아악!"

박현은 그런 구영을 내려다보며 울음을 토해냈다.

*　　　*　　　*

"대, 대장."

눈을 깜빡일 때마다, 모습을 달리하는 박현을 보자 규룡
이 황당함을 감추지 못했다.

"흠."

응룡은 그런 규룡에게 눈길조차 주지 않은 채 박현을 주
시하고 있었다.

"스하아아악!"

뱀의 울음 뒤에.

"꺄아아아악!"

청아한 독수리의 울음이 울려퍼졌다.

검은 독수리는 하늘로 솟아올라 태양 속에 모습을 감추더니, 번개처럼 내려와 구영의 머리 하나를 뜯어냈다.

하지만 그것만이 아니었다.

독수리는 다시 뱀으로, 뱀은 소로, 호랑이로.

비단 외형만이 아니었다.

흑에서 백으로, 백에서 흑으로.

"……대장."

규룡이 응룡을 불렀지만, 응룡은 박현에게서 눈을 떼지 않았다.

"조용."

응룡은 박현에게서 눈을 떼지 않은 채 기억 속의 신들을 되짚어갔다.

'변종인가?'

아무리 기억을 되짚어 봐도 저런 신은 없었다.

'아니야.'

응룡은 이내 고개를 저었다.

한낱 돌연변이가 저런 힘을 낼 수 없었다.

'너는 무엇이란 말이냐!'

하나씩, 하나씩 구영의 머리를 뜯어내는 박현을 보던 응룡의 눈에 새삼 다시 들어온 건 황금빛 기운이었다.

'황룡은 아니야.'

용이 아홉 동물의 특징을 가지고 있다 하여도, 자유자재로 아홉 동물의 모습으로 변할 수 있는 건 아니었다.

'황금빛……, 황금빛…….'

황룡 외에는 없었다.

'잠깐!'

중원이 아니라면?

응룡은 중국이 아닌 주변국으로 사고를 넓혔다.

"규."

"예."

"황룡 이외에 황금빛을 가진 신이 누구지?"

"황룡 외에 말입니까?"

"그래."

응룡의 물음에 규룡이 턱을 쓰다듬으며 생각에 잠겼다.

"중원 말고."

"중원 말고, 라……."

한참을 생각하던 규룡이 순간 눈을 부릅떴다.

"있습니다."

"누구지?"

규룡의 대답에 응룡이 박현에게서 시선을 떼며 그를 향해 고개를 돌렸다.

"좀 애매하군요."

규룡이 어색한 표정으로 말을 이었다.

"정확히는 있었다, 입니다."

"있었다?"

"황룡처럼."

"황룡처럼?"

응룡이 그 말을 곰곰이 되새겼다.

"……!"

그러더니 무언가를 떠올린 듯 눈을 부릅떴다.

"……삼."

응룡은 첫마디를 입에 담았지만, 쉽사리 말을 끝마치지 못했다.

"족오. 세 발 달린 까마귀."

그 끝을 규룡이 맺어주었다.

"죽었어."

"죽었지요."

규룡은 응룡을 바라보며 말을 이어갔다.

"죽었던 황룡도 핏줄을 남기지 않았습니까?"

"삼족오도 핏줄을 남겼다?"

규룡이 고개를 끄덕였다.

"하지만, 어디에도 저 모습에 삼족오의 것은 없지 않
느……."

응룡을 말을 하다 말고 입을 꾹 닫았다.

삼족오의 정보가 그의 머릿속을 가득 채웠기 때문이었
다.

용을 먹고 자라는 천적.

"아직 다 자라지 못해서가 아닐까요?"

"다 자라지 못했다?"

응룡의 물음에 규룡이 고개를 끄덕였다.

"그래도 이것 하나만큼은 알겠군."

응룡은 구영의 마지막 숨통을 끊는 박현, 백호와 눈을 마
주하며 진신을 드러냈다.

『삼족오든 아니든, 오늘 죽여야 한다는 것을.』

"크하아아아악!"

응룡은 거대한 날개를 활짝 펼쳐 하늘로 날아오르며 박
현을 향해 울음을 터트렸다.

『동감입니다.』

"크르르르르!"

규룡도 거기에 맞춰 진신을 드러내 바닥을 기며 회오리

처럼 뾰족한 뿔을 박현을 향해 들이밀었다.

드디어 응룡과 규룡이 진신을 드러내자.

『어찌할까?』

박현이 서기원을 보며 물었다.

"뭘 묻고 그래야? 나 하늘은 못 날아야."

서기원이 목을 두둑 꺾으며 규룡을 쳐다보자.

『훗.』

박현은 고개를 들어 응룡을 쳐다보며 하늘로 뛰어올랐다.

"너는 나랑 놀아야."

서기원이 규룡 앞으로 걸어가 도깨비방망이를 어깨에 툭 걸쳤다.

『가소로운 놈이로군.』

규룡은 마치 인간이 개미를 보듯, 자그만 서기원을 어이없다는 듯 내려다보았다.

"역시 못된 놈들은 처맞아야 정신을 차려야. 그치야?"

서기원은 손바닥에 침을 한 번 툭 뱉으며 도깨비방망이를 움켜잡았다. 그리고는 마치 야구선수가 배트를 휘두르듯 규룡을 향해 힘껏 휘둘렀다.

그 행동에 규룡은 콧방귀를 뀌었다.

몸집 차이만 해도 수백 배.

규룡은 파리채로 파리를 잡는 심정으로 꼬리를 들어올렸다.

"크크크크크!"

방망이를 풀스윙하는 서기원은 그런 규룡을 바라보며 웃음을 터트렸다.

그 웃음이 빠르게 바뀌기 시작했다.

『으하하하하하!』

동시에 서기원의 몸이 급격히 커져 갔다.

단순히 몸만 커진 게 아니었다.

서기원의 몸 위로 육중한 갑옷이 겹쳐졌고, 투구 아래 치우의 가면이 씌워졌다.

치우천왕.

그가 현신했다.

규룡만큼이나 커진 서기원은 규룡의 머리를 도깨비방망이로 강하게 후려쳤다.

콰앙!

규룡의 머리가 땅에 그대로 처박혔다가 튀어오를 정도로 강력한 한 방이었다.

서기원은 다시 튀어오르는 회오리처럼 뾰족하게 솟은 규

룡의 머리 뿔을 양손으로 움켜잡았다.

그리고는 뿔을 흔들어 순간 정신을 잃은 규룡을 깨웠다.

『흡!』

뿔이 잡힌 것을 깨달은 규룡은 눈을 부릅뜨며 서기원을 올려다보았다.

『아야.』

서기원은 규룡의 머리를 끌어당기며 능글맞은 목소리로 불렀다.

『들어는 봤는지 몰라야.』

『……?』

『용잽이 '치우' 라는 이름을.』

도깨비 가면이 씨익 웃음을 그려냈다.

『미, 믿을 수 없다! 치우는 수천 년 전에…….』

『에헤이.』

서기원은 당황한 규룡의 뿔을 흔들며 눈을 흘겼다.

『삼족오도 깨어났는데, 치우라고 못 깨어날 이유가 없어야. 그치야?』

"크하아아아악!"

규룡은 더욱 크게 몸부림치며 자신의 여의주이자 힘의 근원인 뿔에 모든 힘을 담아 바람을 일으켰다.

쏴아아아아—

그 바람은 수십 수백 수천의 칼날이 되어 서기원의 몸을 베고 또 베기 시작했다.

카강— 카가가강!

그러자 마치 불꽃을 뒤집어쓴 듯 서기원의 갑옷에서 잔 불꽃이 튀었다.

『흐흐흐흐흐.』

서기원은 그런 바람의 칼날을 온몸으로 맞으며 훌쩍 뛰어 두 발을 규룡의 머리 위에 얹었다.

『우리 내기 하나 할까야? 퉷!』

그리고는 다시 손에 침을 뱉은 뒤 뿔을 단단히 움켜잡았다.

『네 뿔이 뽑히나 안 뽑히나. 흐흐흐흐. 참고로 나는 뽑힌다에 걸어야.』

뿌직!

서기원이 허리를 쭉 펴며 힘을 주자, 규룡의 뿔 뿌리가 살짝 흔들렸다.

"크학, 크하아악, 크학!"

그 어떤 고통보다 큰 충격에 규룡은 바닥을 뒹굴며 사방으로 연신 바람의 칼날을 날렸다.

서걱! 우르르 콰광!

그 바람의 칼날은 오두막뿐만 아니라, 산정 곳곳에 놓인 바위며 나무를 부숴나갔다.

한 마리의 흰 독수리.

그리고 그것과 같은 매의 날개를 가진 응룡이 하늘에서 서로 대척하고 있었다.

『네 녀석이 누군지 모르나 그대는 오늘 짐의 손에 죽는다.』

『본인의 생각과는 다르군.』

두둑— 두두둑—

흰 독수리가 몸이 뒤틀리며 다시 그 크기가 응룡에 비견될 만큼 커져갔다.

그리고 몸이 다시 한 번 바뀌기 시작했다.

『본인은 그대가 죽을 것이라 생각하는데.』

그렇게 모습을 드러낸 건 검은 깃털을 가진 용의 모습이었다.

아니 용을 닮은 이무기에 가까웠다.

낙타의 머리도, 사슴의 뿔도, 토끼의 붉은 눈도, 잉어의 비늘도 없는.

『정말 너의 정체가 궁금하군.』

응룡이 눈살을 찌푸렸다.

그렇게 둘의 기운이 서로를 향해 뻗어나가 맞부딪히기 직전.

『현아, 규룡 날아가야!』

그때 서기원이 규룡의 뿔을 잡아 흔들어 돌리다가 박현이 떠 있는 하늘로 던져 올렸다.

박현은 순간 몸을 틀어 아래로 날아가 규룡의 몸통을 네 발로 움켜잡았다.

그리고 응룡이 어찌할 사이도 없이 박현은 규룡의 뿔을 이빨로 뜯어냈다.

"꺄아아아아악!"

뿔이 뽑힌 규룡이 고통에 찬 비명을 지르며 바닥으로 툭 떨어졌고, 박현은 당황한 응룡을 바라보며 뿔을 꿀떡 삼켰다.

으드득— 으득!

그러자 박현의 몸이 변하기 시작했다.

낙타의 머리는 까마귀의 머리로.

뱀의 몸통은 줄어들어 까마귀의 몸으로.

잉어의 비늘은 까만 깃털로.

토끼의 붉은 눈은 황금빛 눈동자로.

소의 귀는 사라졌다.

배를 가득 채운 대합도 사라졌으며.

남은 단 하나.

호랑이의 발.

그렇게 호랑이의 굵은 두 발을 가진 까마귀가 모습을 드
러냈다.

『내 너를 먹어, 마지막 피를 깨우리라!』

"꺄아아아악!"

호랑이의 발을 가진 검은 까마귀가 응룡을 향해 커다란
날개를 펼쳤다.

　　　　　　*　　　　*　　　　*

백두산 천지.

초도와 애자는 주인 잃은 신단 앞에 서 있었다.

"아―."

애자는 한 장의 무속도를 보더니 몸이 크게 휘청였다.

"누, 누님."

초도가 재빨리 애자를 부축했다.

애자가 충격에 휘청이며 흘린 무속도가 바닥에 내려앉았
다.

검은 원.

그 안에 세 발을 가진 까마귀가 그려져 있었다.

삼족오.

그 그림을 본 이가 또 있었으니.

야생쥐로 변장해 숨어 있던 감서였다.

*　　　*　　　*

"사, 삼족오라고 했더냐?"

용왕 문무가 자리에서 벌떡 일어나며 물었다.

"그러하옵니다."

서 상선이 허리를 숙인 채 대답했다.

"정녕이더냐?"

용왕 문무는 떨리는 목소리로 되물었다.

"그러하옵니다."

서 상선의 확언에 용왕 문무는 몸을 바르르 떨었다.

"크크크크. 크하하하하하하!"

이내 대소를 터트렸다.

"삼족오, 삼족오라! 으하하하하하!"

그의 웃음은 더욱 커져 갔다.

〈다음 권에 계속〉

『마법군주』 발렌 작가의 신작!

『정령의 펜던트』

"정령사는 말이지, 되고 싶다고 해서 되는 게 아니야.
그냥 그렇게 태어나는 거지.
날 때부터 정해진 운명 같은 거라고."

dream
books
드림북스

E이탄ETAN

ORIGINAL FANTASY STORY & ADVENTURE

쥬논 판타지 장편소설

〈흡혈왕 바하문트〉, 〈샤피로〉, 〈하라간〉을 잇는
쥬논의 사대신수 시리즈, 그 마지막 이야기!

혹독한 훈련을 받고 가문을 위한 희생양으로서
다른 차원으로 보내진 이탄.
듀라한으로 다시 태어난 그는 신관이 되어
본래 세계로 돌아갈 방법을 찾기 시작한다.

★
dream
books
드림북스